渤海崛起

——中国环渤海经济区建立

王 伟 编写

吉林出版集团股份有限公司

图书在版编目（CIP）数据

渤海崛起：中国环渤海经济区建立/王伟编. —

长春：吉林出版集团股份有限公司，2009.12

（共和国故事）

ISBN 978-7-5463-1805-9

Ⅰ. ①渤… Ⅱ. ①王… Ⅲ. ①纪实文学－中国－当代 Ⅳ. ①I25

中国版本图书馆 CIP 数据核字（2009）第 236751 号

渤海崛起——中国环渤海经济区建立

BOHAI JUEQI　　ZHONGGUO HUAN BOHAI JINGJIQU JIANLI

编写　王伟

责任编辑　祖航　林丽

出版发行　吉林出版集团股份有限公司

印刷　三河市嵩川印刷有限公司

版次　2010 年 1 月第 1 版　　　　2022 年 1 月第 9 次印刷

开本　710mm×1000mm　1/16　　　印张　8　字数　69 千

书号　ISBN 978-7-5463-1805-9　　　定价　29.80 元

社址　吉林省长春市福祉大路 5788 号

电话　0431－81629968

电子邮箱　tuzi8818@126.com

版权所有　翻印必究

如有印装质量问题，请寄本社退换

前　言

　　自 1949 年 10 月 1 日中华人民共和国成立至今,新中国已走过了 60 年的风雨历程。历史是一面镜子,我们可以从多视角、多侧面对其进行解读。然而有一点是可以肯定的,那就是,半个多世纪以来,在中国共产党的领导下,中国的政治、经济、军事、外交、文化、教育、科技、社会、民生等领域,都发生了深刻的变化,中国人民站起来了,中华民族已屹立于世界民族之林。

　　60 年是短暂的,但这 60 年带给中国的却是极不平凡的。60 年的神州大地经历了沧桑巨变。从开国大典到 60 年国庆盛典,从经济战线上的三大战役到经济总量居世界第三位,从对农业、手工业、资本主义工商业的三大改造到社会主义市场经济体制的基本确立,从宜将剩勇追穷寇到建立了强大的国防军,从废除一切不平等条约到独立自主的和平外交政策,从“双百”方针到体制改革后的文化事业欣欣向荣,从扫除文盲到实施科教兴国战略建设新型国家,从翻身解放到实现小康社会,凡此种种,中国人民在每个领域无不留下发展的足迹,写就不朽的诗篇。

　　60 年的时间在历史的长河中可谓沧海一粟。其间究竟发生了些什么,怎样发生的,过程怎样,结果如何,却非人人都清楚知道的。对此,亲身经历者或可鲜活如昨,但对后来者来说却可能只是一个概念，对某段历史的记忆影像或不存在，或是模糊的。基于此，为了让年轻人，特别是青少年永远铭记共和国这段不朽的历史，我们推出了这套《共和国故事》。

《共和国故事》虽为故事，但却与戏说无关，我们不过是想借助通俗、富于感染力的文字记录这段历史。在丛书的谋篇布局上，我们尽量选取各个时代具有代表性或深具普遍意义的若干事件加以叙述，使其能反映共和国发展的全景和脉络。为了使题目的设置不至于因大而空，我们着眼于每一重大历史事件的缘起、过程、结局、时间、地点、人物等，抓住点滴和些许小事，力求通透。

历史是复杂的，事态的发展因素也是多方面的。由于叙述者的视角、文化构成不同，对事件的认知或有不足，但这不会影响我们对整个历史事件的判断和思考，至于它能否清晰地表达出我们编辑这套书的本意，那只能交给读者去评判了。

这套丛书可谓是一部书写红色记忆的读物，它对于了解共和国的历史、中国共产党的英明领导和中国人民的伟大实践都是不可或缺的。同时，这套丛书又是一套普及性读物，既针对重点阅读人群，也适宜在全民中推广。相信它必将在我国开展的全民阅读活动中发挥大的作用，成为装备中小学图书馆、农家书屋、社区书屋、机关及企事业单位职工图书室、连队图书室等的重点选择对象。

编　者
2010 年 1 月

一、 形成决策

● 1992 年 10 月，党的"十四大"报告中提出，要加快环渤海地区的开发、开放，将这一地区列为全国开放开发的重点区域之一。

● 全国政协副主席、全国工商联主席黄孟复发出呼吁："必须尽快实质性地启动环渤海经济圈的协调发展机制。"

● 政协委员向两会提交集体提案，呼吁环渤海经济区应加强统筹协调，实行政策共享，促进环渤海地区整体发展、协调发展和可持续发展。

决定建立环渤海经济区

1984 年 3 月 26 日至 4 月 6 日，根据邓小平提议，中共中央和国务院在沿海部分城市召开座谈会，并作出决定，进一步开放 14 个沿海港口城市，作为我国实行对外开放的一个新重要步骤。

1986 年 5 月 26 日至 29 日，在党中央、国务院的关怀下，被称为我国北方"金项链"的丹东、大连、营口、盘锦、锦州、秦皇岛、唐山、天津、沧州、惠民、东营、潍坊、烟台、青岛等 14 个环渤海的市、地区，在天津市举行市长联席会，确定建立环渤海经济区，开展多方面、多层次、多种形式的经济联合，促进经济发展和繁荣。

环渤海地区是指环绕着渤海全部及黄海的部分沿岸地区所组成的广大经济区域。位于中国沿太平洋西岸的北部，是中国北部沿海的黄金海岸，在中国对外开放的沿海发展战略中，占重要地位。

环渤海地区包括北京、天津两大直辖市及辽宁、河北、山西、山东和内蒙古中部地区，共五省、区两市。全区陆域面积达 112 万平方公里，总人口 2.6 亿人。环渤海地区共有城市 157 个，约占全国城市的四分之一，其中城区人口超百万的城市有 13 个。

5 月 26 日，通过市长、专员联席会协议书和章程，确定市长、专员联席会是按照自愿、平等、互利的原则建立起来的一种区域性、开放型、松散式、推动经济联合的组织形式。

大会决定，联席会的主要任务是坚持改革开放的方针，从实际出发，按照"扬长避短、形式多样、互利互惠、共同发展"的原则，发展跨地区、跨部门、跨行业、跨所有制、跨城乡的横向经济联合，促进环渤海地区经济的发展和繁荣。

会议认为，环渤海的城市和地区，地理位置优越，交通运输发达，有辽阔的内陆腹地，丰富的资源条件，雄厚的科技实力和比较强大的工业基础。

渤海是中国的内海，海域 7.7 万平方公里，是中国东北、华北、西北地区进入太平洋，走向世界的巨佳对外通道，是欧亚大陆桥主要起点。

这种特殊的地缘优势，为环渤海区域经济的发展，开展国内外多领域的经济合作，提供了有利的环境和条件，成为海内外客商新的投资热点地区。

与会者表示，打破行政区划的界限，发展联合，成立一个以沿海城市为主体，以辽宁、河北、山东、北京、天津等省、市为依托，以东北、西北、华北为腹地，以 5 个经济技术开发区为"窗口"的环渤海经济区，必将开创这个地区经济发展的新局面。

国家经委副主任赵维臣当天在联席会上，强调在发展企业横向经济联合的同时，也要注意积极发展区域性横向联合。

赵维臣总结了关于横向经济联合的 10 个有利方面：

> 弥补国家计划缺口，保证生产稳步增长和国家经济的持续发展；推动社会技术进步。搞活企业；疏通商品渠道，繁荣市场，丰富人民生活；促进老、少、边、穷地区的经济发展；利用沿海开放城市，联合对外，生产出口创汇产品，扩大经济技术交流；打破条块分割，促进企业组织结构的合理化；不同所有制形式的相互渗透，带来了企业所有制形式的新变化；联合促进了政府管理机构和管理职能的转变，使之逐步由直接管理为主向间接管理为主转变；发挥中心城市的作用，促进城乡商品经济协调发展。

同年 8 月，环渤海经济区各个城市和地区，正式结成了技术市场协作网。

这些城市和地区地理位置优越，技术经济实力雄厚，有着众多的院校、科研机构以及实力雄厚的科技人员和技术工人队伍。

各市、地决定，充分利用这些有利条件，实行技术共享、信息共有、成果共用、人才互聘，共同攻克技术难题，开展人才、技术的交流协作，大力繁荣区域经济。

环渤海地区是中国最大的工业密集区，有资源和市场的比较优势。要积极发展企业联合，不失时机地在建立现代企业制度和开放的市场体系等主要环节上取得突破，求得经济发展的更高速度和更高效益。

环渤海地区是中国科技力量最强大的地区，仅京、津两大直辖市的科研院所、高等院校的科技人员就占全国的四分之一。

经济要发展，就必须充分利用本地区高科技人员集中的优势，进一步发展跨区域、跨国际的科工贸、科工农等多种形式的联合体，促进科技经济一体化。

环渤海地区是中国对外开放口岸最集中的地区，是最大的粮食、煤炭、原油等进出口物资中转基地。

为了加快沿海经济发展，必须充分发挥本地区港口群的优势，扩大国内外经济联系，积极参与国际分工与竞争，尽快实现与国际市场对接。

在跨世纪的经济发展中，环渤海地区经济的快速发展，要依托这个地区中心城市功能的提高和完善，形成合理分工、优势互补、联合发展，促进地区经济一体化。

1987 年 7 月 20 日，在青岛举行的第二次联席会上，进一步明确了环渤海地区经济发展的方向、经济联合的方针和工作重点。把"联合起来、振兴渤海、服务全国、走向世界"作为环渤海地区经济联合的方针。

1988 年 10 月 20 日，第三次联席会在大连举行，决定组建几个有竞争力的、较大的环渤海地区外向型企业集团；在环渤海地区港航运输协作网的基础上，组织联合客货运输船队，建立港航联合开发公司；积极与国家有关部门合作，联合集资或引进外资和先进技术，建立环渤海地区盐业开发综合利用联合体。

党的十四大报告中提出，要加快环渤海地区的开发、开放，将这一地区列为全国开放开发的重点区域之一。国家有关部门也正式确立了"环渤海经济区"的概念，并对其进行了单独的区域规划。区域间的经济合作，横向联合，优势互补为环渤海地区开拓了广阔的发展空间。

1992年9月24日，联席会在秦皇岛通过了新的协议书和章程；通过了关于以市长、专员联席会的名义牵头开展对外环保合作的议案。

1993年10月13日，在东营举行的第五次联席会决定，围绕党的十四大提出的加速环渤海湾地区开放开发的战略，总结交流各地深化改革、扩大开放的经验，探讨在社会主义市场经济条件下，加强区域联合协作的思路，进一步推动环渤海地区的区域合作和经济发展。

1994年11月23日，联席会在烟台围绕第五次联席会纪要执行情况总结一年来的工作；审议和听取了组建环发公司进展情况的汇报；通过申请参加联席会区域合作组织的新成员市；着重研究了下一届工作思路和工作重点。

1995年8月27日，在太原的第七次联席大会一致通过关于设立环渤海人寿保险公司、环渤海企业合作促进会和联合组团到境外举办经贸洽谈与招商活动3个工作议案。

1997 年 11 月 6 日，联席大会在天津修订了联席会协议书和联合办事处章程；通过了联合举办环渤海科技博览会、环渤海建材交易会和共同推进环渤海发展中心大厦建设招商的 3 个议案。

在世纪之交，国内外普遍看好环渤海地区。从总的发展趋势来看，世界经济发展重心向亚太地区转移，为环渤海地区更多地吸引资金和技术提供了机遇。

20 世纪 80 年代，以深圳经济特区为龙头带动了珠江三角洲的崛起是中国经济发展的第一极。

20 世纪 90 年代，以上海浦东新区为龙头带动了长江三角洲的蓬勃发展成为中国区域经济发展的第二极。

进入 21 世纪，以天津滨海新区为龙头将带动整个环渤海区域的经济发展，为中国经济发展注入新的动力，成为推动中国经济高速发展的第三极。

一幅铺满整面大墙的电子地图显示整个渤海湾地区：

左面，是一片被海河、黄河等一条条母亲河蜿蜒引领着的辽阔大地，大地上都市和村庄不断变幻着色彩。右面，是蔚蓝色的人海和以一条条连续的圆弧勾勒出的渤海湾美丽的线条。大海如一位站在春天里满面桃花、窈窕婀娜的神女，大地与河流则如被神女引领着的急欲腾飞的巨龙，面向海洋，面向未来……

2000 年 6 月 5 日，联席大会在承德召开第九次会议，会议修订了联席会协议书和章程。通过了举办人才智力洽谈会、重视渤海环保，逐步实施禁磷工作、办好"环渤海区域经济信息网站"的工作议案。

2002年10月17日，联席大会在济南召开，大会通过了举办《碧海行动·环保论坛》，开展边境贸易合作、联手开拓国际市场，组建环渤海地区医院管理联席会的3个工作议案。

2004年9月1日，第十一次联席大会在丹东通过召开环渤海区域经济一体化建设研讨会、举办2005年环渤海科技博览会、成立环渤海地区旅游联合体的3项工作议案。

2006年4月17日，联席大会在天津召开，大会通过举办环渤海科技博览会、建立环渤海报业媒体合作组织、组建环渤海地区金融担保网络的3项重点工作议案。

2008年9月20日，在天津举行联席大会第十三次会议，通过了成立环渤海区域环保合作、口岸合作、人才协作等3个合作组织、协作联盟的议案。

以广州、深圳为核心的珠三角地区的城市群，9个城市经济总量占到了全国的9.9%；以上海为龙头的长三角城市群16个城市，它的生产总值已经占到全国的18.6%；以京津冀都市圈为中心的环渤海都市群10个城市，生产总值已经占到全国的10.3%。

三大经济区，三大城市群，南北呼应，多极发展，构成了中国经济活力充沛、面向世界的崭新格局。

建立经济区合作机制

2001 年底，建设部主持进行了"京津冀北城乡空间发展规划"评审会，这个规划建议以京津双核为主轴，疏解大城市功能，调整产业布局，实现产业的有机分工，为区域产业的协同发展描绘了一幅蓝图。

振兴环渤海区域经济，是党中央、国务院早已明确的战略任务。国家最高决策层的最初思路，是把环渤海作为中国北方的一个重要经济区域。在中国未来开放的进程中，已经考虑到了将有 3 个主要的经济支撑区域：长三角、珠三角和环渤海。

早在 20 世纪 90 年代初期，为避免地方政府自主决策权增强后出现各自为政和重复建设的问题，由原国家计委牵头，全国划定了包括长三角、珠三角、环渤海在内的七大经济区。

1992 年党的十四大就作出了"加速环渤海湾地区的开放和开发，力争经过 20 年的努力，使其成为我国率先实现现代化的地区"的重大战略决策。

1995 年，党中央进一步提出形成"以辽东半岛、山东半岛、京津冀为主的环渤海经济圈"。

2001 年，全国九届人大四次会议强调，要发挥环渤海地区等沿海经济区域在全国经济增长中的作用。

以专家们的观点看，相对于长三角、珠三角主体共同参与的区域经济合作模式，环渤海区域的经济合作更多地体现了一种"自下而上"的推进。

伴随着十多次联席大会的召开，环渤海区域区位优势越来越明显，工业基础和技术力量日益雄厚，高等院校与科研机构密集，有大专院校近 400 所，大小港口 40 多个，吞吐量占全国的 40% 以上。

环渤海地区以京津两个直辖市为中心，大连、青岛等沿海开放城市为扇面，沈阳、石家庄、济南等省会城市为区域支点，已经构成了我国北方最重要的骨干城市群落，具有巨大的发展潜力。

戴相龙就任天津市市长后，积极推进环渤海地区从一个地域概念向经济圈概念的转变。他在多种场合不停地呼吁，天津需要进一步加强与山东半岛、辽东半岛的联系，规划推进大连、青岛海上快速交通项目建设，全面加强环渤海地区之间的联合与合作，推进中国从南到北、从东到西的开放。

他的这些举措在周边省市引起了强烈的共鸣。

2003 年 11 月，全国政协副主席、全国工商联主席黄孟复呼吁：

必须尽快实质性地启动环渤海经济圈的协调发展机制。

改革开放 20 多年来，我国东部沿海地区正在形成三大经济圈，即珠江三角洲经济圈、长江三角洲经济圈和环渤海经济圈。

黄孟复认为：

尽管环渤海经济圈还远没有实现经济一体化，但它的国际影响很大。由于它处于东北亚经济圈的中心地带，是中国欧亚大陆桥的东部起点之一，在国际经济一体化的重心不断向亚太转移的趋势下，它巨大的潜力开始凸显，吸引了国际上众多的目光，正在逐步变成连接欧亚大陆和太平洋的国际物流中心，以此为中心辐射开去，已经形成一个重要的商业市场。

黄孟复接着说：

另一方面，优越的城市发展平台也将使环渤海经济圈成为我国经济的第三个区域增长极。环渤海经济圈经济总量约占全国的五分之一，是我国最大的工业密集区。在环渤海地区 5800 公里的海岸线上，近 20 个大中城市遥相呼应，数千家大中型企业虎踞龙盘，包括天津、大连、青岛、秦皇岛等重要港口在内的 60 多个大小港口星罗棋布，以北京和天津为双核心的世界级城市带动的两侧扇形区域，成为中国乃至世界上城市群、工业群、港口群最为密集的地区之一。

在当时，这一区域近 200 所高等院校和 800 多个自然科学研究机构，汇集了 40 多万科研人员。尽管在有的专家眼里，环渤海经济圈相对长三角和珠三角滞后，但在奥运这个"超级引擎"的带动下，环渤海经济圈发展潜力惊人。

黄孟复分析说：

> 环渤海经济圈的实质性协调机制还没有形成的原因很多，其中生产力发展程度不一，市场力量不充分是主要原因；观念陈旧是一大障碍；地区保护主义是需要克服的又一大障碍；各类企业是区域经济活动的主体，要素市场建设是关键；实现资本、劳动力等生产要素的自由流动是区域经济一体化的内在要求，产权制度和户籍制度的改革是实质性步骤。

黄孟复强调，突破行政区域限制，城市之间合理分工，形成完整的、有竞争力的产业体系、公共设施体系，既与世界经济和全国市场有开放的联系，又有相当的区域特色，这是实现环渤海经济圈一体化的重要思路。环渤海经济圈的建设与北京、天津城市竞争力的提升关系最为密切。

2004 年 2 月 12 日至 13 日，国家发改委召集京津冀发改委在河北省廊坊市达成加强经济交流与合作的《廊坊共识》。

同年 5 月 21 日举行的第七届北京科博会"环渤海经济圈合作与发展高层论坛"上，北京、天津、河北、山西、内蒙古、辽宁、山东七省、市、区领导又达成 3 点共识：建立环渤海合作机制，推动环渤海地区经济一体化；召开五省两市副省级会议，正式建立环渤海合作机制；将合作机构的日常工作班子设在廊坊。

博鳌亚洲论坛秘书长龙永图在论坛上发言时指出：

> 有关环渤海经济圈区域经济合作与发展问题，在高层政府层面讨论，还是第一次。推动环渤海地区经济合作与发展，应从促进东北亚地区国际经济合作的层面来统筹。

国家发改委地区经济司司长郭培章评价说：

> 环渤海地区是我国北方经济最活跃的地区，是我国对外开放的窗口和对外贸易的重要基地之一，在全国经济的整体格局中占有重要地位。

● 形成决策

013

龙永图分析造成环渤海发展滞后原因时说：

环渤海区域合作也存在许多由来已久的问题，如国有经济比重高，市场意识相对淡薄，区域发展缺乏明显产业分工，内部经济联系不足，缺乏有效的协调机制，低水平竞争导致资源浪费等。

山西省省长张宝顺在发言时指出，审视环渤海经济圈的发展现状，有五大问题值得深思：核心城市的带动问题；产业结构的趋同问题；区域间的要素流动不畅的问题；区域壁垒的问题及机制、观念的落后等。

对此，各省、区、市负责人在论述中达成了科学、协作、可持续的发展共识。

郭培章及部分省、区、市负责人在发言时阐述：

首先要整合、完善环渤海区域合作机制，通过整合、完善，逐步建立起高效、务实、多赢的环渤海区域合作、协调新机制。

其次是研究提出区域合作发展战略，明确各地在区域中的职能定位和重要的发展产业，区域合作的重点领域、重点工作与重点实施步骤，并在措施保障上力争有所突破。

三是清除市场障碍，积极发挥市场配置资源的基础性作用，切实推进区域内经贸合作。坚持以企业为主体，以经济利益为纽带，积极鼓励社会投资和民营企业参与到区域合作中来。

四是加快推进区域内基础设施的一体化。当前要在能源、交通、环保等基础设施建设方面加大规划的衔接力度，整合现有港口、机场、公路等资源，逐步实现区域内资源共享和一体化的现代化大交通网络。

五是共同开发与合理利用资源，实现区域内各省区市的可持续发展。

郭培章在发言中透露，在已启动的"十一五"规划工作中，国家发改委把区域发展规划放在突出的重要地位。

龙永图在发言中提出：

> 应尽快建立一个环渤海地区国际经济合作机制，以进一步促进东北亚地区国际经济合作。可由发改委牵头，加强区域内沟通与协作，包括高层领导人员的定期会晤，政策协调，改善市场环境；在河北廊坊设立一个日常工作班子，共同开展区域国际经济合作事宜等。

2004年6月26日，环渤海地区合作机制会议在廊坊举行。

会议由龙永图担任主席，国家发改委、商务部负责人，环渤海地区五省两市政府副省级领导及政府副秘书长，商务厅、研究室负责人等参加，重点围绕建立环渤海地区合作机制、在 2004 年开展的主要工作以及相关问题进行磋商，并达成《环渤海区域合作框架协议》。

2005 年组织成立了环渤海企业合作促进会，吸纳了环渤海各地市 120 余家有代表性的多种所有制企业入会，通过组织一系列发展论坛和经贸联谊活动，为区域企业发展壮大搭建合作共赢的平台。

2006 年，随着天津滨海新区的开发开放逐步纳入国家战略，环渤海经济圈内的各省市既有竞争又有共赢。

大家都在积极探索新的合作方式，构建新的合作机制，推行制度创新，共建合作平台，在一个高起点、高层次框架内展开区域内协作与融合，尽快将区域潜在优势转变为现实优势，提高环渤海区域经济的整体竞争力。

大家更多地以区域经济协调发展为着眼点，充分利用滨海新区加快开发建设的战略机遇，从自身发展实际出发，以互利双赢为目的，到滨海新区寻找商机，寻求合作，积极参与到地区重大建设中来，实现共同发展。

政协提议政策共享

2007 年 3 月 7 日，陈秀芳等 30 名来自河北的全国政协委员向两会提交集体提案，呼吁环渤海经济区应加强统筹协调，实行政策共享，促进环渤海地区整体发展、协调发展和可持续发展。

陈秀芳等委员提案说：

"十一五"开局之年，中央作出了推进天津滨海新区开放开发的重大决策，对于促进天津乃至整个京、津、冀发展、把环渤海地区培育成全国"第三经济增长极"具有极其重要的意义。

为加速环渤海地区的发展进程，我省建设曹妃甸港和黄骅港两大港口、曹妃甸工业区和渤海新区两大新区，不仅为河北建设沿海经济社会发展强省增添了腾飞的双翼，也将给环渤海地区发展带来新的亮点。如果河北的这两港两区建设发展得好，将与天津港、天津滨海新区成为一体，形成环渤海核心经济区。

陈秀芳等委员认为，实行政策共享，有利于实现津、

形成决策

冀两地优势互补，形成整体协调发展的局面。河北与天津共处环渤海中心地带，是一个有机的区域整体。

曹妃甸港距天津港仅38海里，黄骅港距天津港60海里，在距离不到100海里的范围内集中着三大港口。三大港口、三大新区都处于环渤海地区的中心位置，同属环渤海核心经济区，各具优势：

天津港是基础较好的综合性大港，滨海新区将建成"北方经济中心"。

曹妃甸港是钻石级天然深水良港，曹妃甸工业区将建成大型现代化工业基地。

黄骅港初步定位为多功能综合性港口，渤海新区腹地很大、可利用土地多，具有极大的发展潜力。

委员们一致表示：

天津滨海新区的建设离不开河北广阔腹地的支持，河北也需要借势发展自己。实行政策共享，加快推进曹妃甸工业区和渤海新区的开发开放，与天津滨海新区合理分工、优势互补，有利于环渤海核心经济区生产要素的整合及其效益最大化，提高该地区的整体合力和综合竞争力。实行政策共享，还有利于缩小地区差距，形成区域和谐发展的局面。

提案指出，改革开放以来，河北与京津的差距越来越大。在国际大都市北京和天津周围，存在着由河北的24个贫困县、180多万贫困人口构成的贫困带。

天津滨海新区成为国家级综合试验区，享受众多方面的优惠政策，如果形成津、冀环渤海地区政策落差，势必会加剧对河北项目、资金、人才等生产要素的吸附，使河北承受着继北京之后更大的极化效应带来的压力，导致河北与京、津的差距进一步拉大，建设和谐社会的目标将难以真正实现。

此外，实行政策共享，还有利于共同保护渤海生态环境，形成人与海洋和谐相处的局面。

委员们建议，中央及有关部门应从加快环渤海地区发展的实际出发，对天津港、曹妃甸港、黄骅港及滨海新区、曹妃甸工业区、渤海新区实行政策共享，比照给予天津滨海新区的有关政策，推进港口分工协作。

委员们建议：

1. 将曹妃甸工业区和沧州渤海新区列为国家综合改革试验区，允许在政府管理体制创新、投融资体制改革、循环经济发展等方面先试先行，同时将曹妃甸工业区和沧州渤海新区的一些重大项目列入国家"十一五"有关专项规划，如曹妃甸工业区内的大型炼油化工一体化基地、国家原油储备基地、煤运第三通道出海口、电力、修造船及重型装备制造等项目。

2. 将天津滨海新区在财税、金融、智力引进、环境保护等方面的优惠政策扩及曹妃甸工业区和沧州渤海新区。

3. 在曹妃甸工业区和渤海新区进行农村集体建设用地流转及土地收益分配的改革，建立土地征收和农地转用相对分离以及征地区片综合地价等项制度，完善征地价格形成机制。

二、 贯彻执行

● 张立昌说："10 年基本建成滨海新区，是天津市委、市政府作出的一项重大战略部署，是我们赢得竞争主动权的制胜一招。"

● 郭金龙强调："要充分认识建设好北京经济技术开发区的重要意义"。

● 山东省委常委会工作要点明确提出："规划建设生态省，促进经济与人口、资源、环境协调发展。"

秦皇岛成为经济圈中心

1984 年 8 月 20 日，国务院副总理万里、谷牧听取了秦皇岛市委、市政府关于经济体制改革和进一步对外开放的工作汇报，研究了秦皇岛市进一步对外开放的有关问题。

国家计委副主任甘子玉、铁道部部长陈璞如、交通部副部长子刚、国务院特区办公室主任何椿霖和河北省委书记、省长张曙光等同志参加了会议。

会议指出，面对当前全面进行经济体制改革和进一步对外开放的新形势，秦皇岛市一定要在抓好经济建设的同时，搞好社会主义精神文明建设，在河北省委、省政府的领导下，解放思想，扎实工作，尽快开创开放与改革的新局面。

10 月 27 日，经国务院批准设立首批 14 个国家级开发区，秦皇岛经济技术开发区是其中之一，也是河北省唯一的国家级经济技术开发区。

秦皇岛经济技术开发区建区初期，国务院副总理谷牧曾 8 次亲临秦皇岛，为开发区的选址、总体规划和建设倾入了巨大关怀。

经过 20 多年的开发建设，人们日益发现，秦皇岛开发区已经成为一座环境友好、功能完善、产业聚集、发展强劲的现代化工业园区和充满活力的经济亮点，实现了经济建设与社会进步的和谐发展。

在国家级开发区 20 年成果展上，谷牧来到秦皇岛开发区展区，当看到秦皇岛开发区的巨大变化时，谷牧对开发区管委主任胡英杰说："辛苦大家了，你们干得不错！"

秦皇岛开发区处在环渤海经济圈中心地带。在环渤海地区 5800 公里的海岸线上，近 20 个大中城市遥相呼应，数千家大型企业虎踞龙盘，包括天津、大连、秦皇岛等中国重要港口在内的 60 多个大小港口星罗棋布，成为中国乃至世界上城市群、工业群、港口群、人流群、物流群最为密集的区域。

广阔的市场腹地为秦皇岛开发区的投资者提供了巨大的商机。"十一五"期间，天津渤海新区、唐山曹妃甸工业区已纳入国家发展战略，形成继珠三角、长三角之后的第三极崛起的态势，这一重大格局的形成，给秦皇岛开发区带来了更大的发展机遇。

近 20 年的开发建设，特别是"九五"和"十五"以来，经济总量迅速扩张，综合实力大幅攀升。一批投资规模大、技术含量高、资金密集型、劳动密集型项目纷纷落户开发区。

"十五"期间，秦皇岛开发区经济呈现出快速发展的势头，生产总值总量一直保持在 30% 以上的增长速度，全部工业增加值占生产总值比重 55% 以上的水平。国内

贯彻执行

生产总值、财政收入、实际进入外资、出口创汇等主要经济指标继续在全省开发区中保持领先地位。

在全国国家级开发区中，主要指标也实现了位次前移，有效带动了全市经济的提速发展。据商务部最新统计显示，秦皇岛开发区各项经济指标增幅及对地方经济的贡献率均居全国国家级开发区前列，成为河北省经济发展和对外开放的窗口和龙头。

截至 2006 年上半年，来自美国通用电气公司、日本伊藤忠株式会社、澳大利亚邦迪公司、新加坡丰益集团、泰国正大集团、韩国 LG 集团和英国 TI 集团、日本旭硝子公司、美国 ADM、美国铝业集团等 35 个国家和地区的知名公司以及中粮、中信、首钢、哈尔滨动力、华龙集团、康泰医学等国内知名企业在这里投资兴业。

经过 20 多年的发展建设，秦皇岛开发区园区功能日趋完备。其出口加工区从 2002 年 6 月经国务院正式批准设立，2003 年 9 月封关运行；燕大高科技园于 2000 年 3 月启动，建成了 6 家研发机构，2003 年 9 月顺利通过专家组验收，成为河北省第一家国家级大学科技园。高新技术创业中心继 2004 年通过 ISO9000 质量管理体系认证后，2005 年 1 月正式通过科技部审批，晋升为国家级创业中心。

位于秦皇岛的河北省软件产业基地也已开工建设，并初具规模。软件企业已发展到 85 家，其中 14 家通过"双软认证"，172 项软件产品通过软件产品登记；以开发区高新技术创业中心、秦皇岛高新技术创业基地、河北省信息技术转化中心和燕大产业园等具有孵化功能的园区形成的孵化器，成为各类起步企业成长壮大的摇篮。

开发区在大力发展区域经济的同时，以美化城区环境、完善城区功能、提高城市形象为主线，精心打造环境牌，不断加大资金投入，着力提高基础设施和配套能力，力求打造出一批具有现代风格、开发区特色和符合可持续发展要求的市政精品。

秦皇岛开发区从 1999 年 2 月引入 ISO14000 国际环境管理体系，并于 2000 年 12 月通过了 ISO14000 的标准审核，获得通往国际市场的"绿色通行证"，成为河北省第一家和继大连开发区、苏州新区等之后全国第六家"ISO14000 国际环境管理体系国家级示范区"创建单位，2001 年 3 月 7 日顺利通过了国家环保总局现场验收，6 月正式通过了 ISO14000 国际环境管理标准示范区的国家挂牌认证，拿到了递向世界的"绿色名片"。

秦皇岛开发区以创新为突破口，秉承优质高效的服务宗旨和亲商、安商、富商的招商理念，建立了项目审批"一站式"服务、项目建设全方位服务和企业投产后的经常化服务的"三大服务体系"。

2005 年 11 月 9 日，国务院批准秦皇岛经济技术开发区再次扩区面积 16.08 平方公里。"十一五"期间，秦皇岛开发区以扩区开发为契机，科学定位，乘势而上，全面提升区域经济、社会发展的整体规模和水平。

秦皇岛着力实现强化产业聚集，实现由招商引资向选商选资转变。优化经济结构，实现由规模效益向质量效益转变。着力促进产业升级，实现从引进资金向引进技术转变。严格土地管理，实现由合理开发向集约利用转变。创新机制体制，实现由政策招商向环境招商转变。

2008年9月16日至20日，为了进一步推动环渤海地区经济协调发展，帮助会员企业开拓市场、寻求合作商机，由秦皇岛市委统战部副部长、市工商联党组书记成晓萍带队，组织市工商联副主席武玲和相关处室负责人、秦皇岛凯成机械施工工程公司董事长陈维宽等企业负责人，赴内蒙古二连浩特市参加了由内蒙古自治区工商联和二连浩特市政府承办的"2008第十届中国环渤海地区工商联民营经济经贸合作洽谈会"。

与会期间，秦皇岛市代表团一行先后参加了"2008第十届中国环渤海地区工商联民营经济经贸合作洽谈会开幕式""2008第十届环洽会七省、区、市工商联领导工作交流会""2008第十届中国环渤海地区工商联民营企业合作论坛""二连浩特市政府项目推介会"等活动，聆听了全联副主席、天津市人大副主任、市工商联主席张元龙，河北省人大副主任、省工商联主席黄荣等七省、市、区工商联领导及蒙古国总商会负责人和部分企业负责人的演讲，参观考察了内蒙古盛通集团有限公司等企业，就围绕二连口岸交通物流业、加工业、市场建设以及俄罗斯、蒙古国矿产资源和房地产开发等项目进行交流探讨。

二连浩特是我国对蒙古国最大的陆路口岸，是环渤海地区通向欧亚大陆的重要节点，这次环洽会除了邀请环渤海地区七省、市工商联负责人和企业参会外，还邀请了来自蒙古国官方代表团、蒙古国企业代表团、俄罗斯企业代表团参会。

通过参加这次环洽会，秦皇岛市的与会企业进一步了解了二连浩特市的经济发展和投资环境，尤其是与蒙古国和俄罗斯商会及企业进行了交流和探讨，为民营企业向蒙古国、俄罗斯等欧亚国家投资发展打开了大门，疏通了环节，对秦皇岛市实施"走出去"战略起到了积极的促进作用。

2009 年 4 月 1 日，春日的香港阳光明媚，气候宜人。参加"2009 年河北省（香港）投资贸易洽谈会"的秦皇岛市代表团首先紧锣密鼓地开始了专题招商自选活动。

市政府在香港隆重举办了"中国·北戴河新区投资合作恳谈会"和"中国·秦皇岛数据产业基地投资发展环境说明会"。

宣传推介有声有色，客商云集，建言踊跃，总投资额达 49 亿元的两个项目也在会上顺利签约。

当天上午举行了"中国·北戴河新区投资合作恳谈会"。多国公司代表应邀与会。

新华社、香港《大公报》《文汇报》《星岛日报》《商报》《信报》《明报》等多家媒体进行了报道。

秦皇岛市代表团团长、市长朱浩文发表了热情洋溢的致辞。

朱浩文指出，香港作为国际金融、贸易、航运中心，是中国经济最活跃的城市，也是祖国大陆和世界交往的桥梁，更是秦皇岛市最重要的经贸伙伴之一，众多港澳台客商在秦皇岛投资置业、开展合作，都取得了较好回报。秦皇岛地处极具发展潜力的环渤海经济圈和京、津、冀都市圈，区位优势得天独厚，是历史文化底蕴深厚又充满现代活力和气息的海滨城市。有众多的名胜古迹、独特的滨海岸线资源、良好的生态环境，被誉为中国"长城海滨公园、休闲度假中心和滨海观光胜地"。健全畅通的海陆空交通网络，配套完善的国家级经济技术开发区，高效优质的政务服务，亲商、富商的投资政策，吸引了包括世界500强企业在内的众多客商投资兴业。

朱浩文说，秦皇岛初步形成了以先进制造为主体、高新技术为先导、现代服务蓬勃发展的现代产业体系，正全力打造中国北方沿海先进制造业基地、高新技术产业基地、港口物流集散基地和生态休闲度假中心。

朱浩文指出，北戴河新区是一块有待雕琢的璞玉，自然旅游资源和生态旅游资源极为丰富，发展前景十分广阔。市委、市政府立足对该区域生态环境的有力保护和资源优势最大限度的发挥，提出保护、开发、建设北戴河新区的战略构想，将其作为统筹城乡发展、拓展城市空间、提升产业层次、建设沿海强市的重要着力点和战略突破口，坚持人文生态立区、新兴业态兴区，建设以人文与生态为核心的中国北方休闲旅游文化新区，着力打造建设沿海强市的新引擎、环渤海地区经济发展的新亮点、中国北方生态文明建设的先行示范区。

秦皇岛市委常委、副市长李洪卫介绍了北戴河新区总体规划及产业发展情况。

副市长刘辰彦主持会议。市领导还与与会嘉宾就共兴共赢、共谋发展进行了深入的交流，就客商具体关心的问题——进行了阐述和解答，并向客商发出来秦皇岛市投资考察、旅游观光的真诚邀请。

当天上午的会议上，市政府与全球 CEO 俱乐部有限公司签署了建设全球 CEO 北戴河国际会议中心暨山海关休闲度假基地项目协议。秦皇岛鼎达房地产开发公司和香港宏进集团签署了总投资额 30 亿元人民币的海港区新农村建设项目协议。

秦皇岛经济技术开发区建设数据产业基地的宏伟计划同样深深吸引了业界关注的目光。在 4 月 1 日下午举行的"中国·秦皇岛数据产业基地投资发展环境说明会"上，近百名客商与会倾听。

朱浩文在致辞时向嘉宾介绍了秦皇岛经济社会发展的情况并指出，21 世纪是数据化、信息化的时代。数据已成为继实物资源之后又一重要战略性资源，以数据产业为基础的新经济正成为抢占发展先机的重要领地。

朱浩文说："秦皇岛地处极具发展潜力的环渤海经济

贯彻执行

圈和京、津、冀都市圈，具备发展数据产业的区位、资源、交通和环境优势，特别是集国家级经济技术开发区、出口加工区、大学科技园区、高新技术创业服务中心和省级软件产业基地于一体的产业平台，以电子信息、新材料、光机电一体化、生物技术和环保技术为主导的高新技术产业群，为秦皇岛数据产业发展奠定了坚实基础。"

稍后，朱浩文又介绍说："国家电子信息产业调整振兴发展规划的出台，为数据产业发展提供了难得的机遇。在商务部和省政府的高度重视与支持下，我市正在全力加快国内首家数据产业专业园区——秦皇岛数据产业基地的建设，构建数据产业集聚发展平台，引进具有国际竞争力的数据产业关联企业，打造世界知名的数据产业集群地。希望与港澳台业界朋友在数据产业及更广领域开展交流合作，实现优势的互补与叠加，共创互惠双赢的美好未来。"

会上举行了秦皇岛数据产业基地网站开通仪式。香港台湾工商协会会长江素惠女士等与会代表发言。

大连发挥辐射带动作用

1984 年 9 月 25 日，经国务院批准，大连经济技术开发区正式成立。

这是第一个国家级经济技术开发区，是享有沿海经济技术开发区优惠政策并实行与国际惯例接轨的新型管理体制的经济区域。

大连市人民政府在开发区设立管理委员会，代表市人民政府对开发区的工作实行统一领导和管理。大连开发区依靠 1000 万元的财政贷款和 2.3 亿元开发性贷款起步。

事实上，大连在 1980 年就提出要建设开发区。1980 年，中央在南方沿海创建了深圳、珠海等 4 个经济特区，这在辽宁引起了强烈反响。

当时辽宁省委第一书记任仲夷就向大连市委提出一个问题："南方建设特区，大连怎么办？是不是也可以要求建设特区？有没有条件建设特区？"

1980 年 8 月 11 日，国务院副总理谷牧来到大连，大连市市长崔荣汉向谷牧提出了自己的想法："北方是否也可以建设一个或几个特区？大连基础比较雄厚，如果建立类似深圳的特区，将会带动整个东北地区的改革开放和经济发展。"

谷牧很严肃地说："我问你们：第一，什么叫特区？第二，大连为什么要建特区？第三，大连有什么条件建特区？"

实际上，谷牧的提问别有深意，在当时的环境下，中央决定在深圳等地建设特区，还在观察它的作用、效果，也就是一种"摸着石头过河"的试验。

谷牧说："对于建特区，我们党还没有成熟的经验，尤其是对可能带来的资本主义腐朽思想，我们还缺乏准备，而且对办特区，意见也不完全一致，所以只能先开几个城市作为试验田。"

虽然未能破冰，但是大连却在有意关注着开发区的未来。

1984年，改革开放的总设计师邓小平的"开发区大有希望"推动了大连开发区的开发开放。大连开发区的发展对整个东北发挥了辐射、带动和示范的作用。

同年3月24日，崔荣汉率人到北京怀仁堂向中央汇报大连准备建立经济开发区的事情。

大连的开发区将要建在哪里？一时间人们议论纷纷，这时，名不见经传的渔村马桥子走进了人们的视野。

马桥子东临大窑湾港，南濒大连湾，港口优势十分明显。虽然它离大连市区27公里，比许多其他的开发区的选址都要离市区远，但显然"以港兴区"和对东北腹地的牵动作用成为选址时考虑的重点，依托"城市"这座平台，会把开发区的经济效益和社会效益拓展到最大，正因为如此，大连开发区从一开始的规划上就不是一个简单的工业园区和加工区，而完全是一个新市区的定位。

1984年8月15日，国务院的3位副总理万里、谷牧和李鹏来到大连开发区视察工作。

在长岭山上，万里在观看了整个开发区的蓝图后称赞说："这个地址选得好。"

谷牧同志接着说："这里离铁路、公路、港口、机场、水源、电源都不远，交通方便、风景优美，是建设开发区的好地方。"

开发区总体规划初步完成后，《大连日报》有文章描述了未来的工业区、生活区、滨海公园等美景，令人耳目一新。

10月15日，在邓小平的对外开放思想的指引下，一群拓荒者来到了这个名不见经传的小渔村，在两平方公里的土地上播下了现代文明的种子。

大连开发区的规划和建设者，在开发建设伊始，就坚持"三为主、一致力"的方针，把开发区作为一个新兴城市来规划，作为现代化新市区来建设，坚持走工业化、产业化带动城市化的道路。

金马路的建设，标志着大连开发区开始从美好的蓝图一步步变为现实。

金马路的修建开始于1984年年底。当时，来自日本、美国、澳大利亚、新加坡及香港地区的专家提出作为城市主干道，金马路的控制红线宽度最好设计为

100 米。

谁知此话一出，立即引起强烈反响。许多人都认为这种规划设计对于一个刚刚兴建的城区来说简直"太浪费了"，甚至"太不可思议了"。然而，他们还是做了，理由是要对得起发展，对得起后人，要几十年甚至100年都不落后。

与此同时，大连市人民政府公布大连经济技术开发区"若干优惠待遇的规定""企业登记管理办法""涉外经济合同管理办法""劳动工资管理办法""土地使用管理办法"等。

这是全国首次以地方法规形式公布的开发区管理文件。

1984 年 10 月 28 日，日本前外相、日本内外政策研究会会长大来佐武郎率考察团来大连访问。

期间，大来佐武郎的夫人说要去"卫生间"，但在当时的开发区，哪有卫生间可言？翻译无奈只能把外相夫人领到旱厕，夫人掩鼻而退。

在国际友人面前的尴尬，使崔荣汉下决心修建一流的宾馆和写字楼。

崔荣汉说："有了一流的宾馆和写字楼，外商才相信我们是真干，他们来到这里有住的地方，有办公的地方，才有可能来投资，这就是梧桐树啊。"

那时，人们总结出一套外商来考察投资环境的顺口溜是"一问电话二问路，三问水电四问住"。

大连开发区的发展路程的确不是一帆风顺的。1985年，由于经济过热，国家不得不采取宏观调控政策，包括要求控制基本建设项目等。

似乎一股倒春寒扑面而来，更为严峻的是，大连开发区最初高起点的基础建设，开工第一年就投入了两亿元的建设资金。

国务院特区办的一位领导在视察后严厉批评了大连，随后国务院特区办还下发了一个通报，没有指名地批评了大连开发区。

通报下来之后，大连经济技术开发区开发建设公司经理范永昌的嗓子一下子就哑了，布置工作时要靠手势和笔纸才能进行。

不仅如此，当时在大连市部分干部中，同样存在着类似的批评意见。

思想的禁锢再次得到了现实的嘲弄。在随后的日子里，大连经济技术开发区在全国不断滑落，先后被天津、苏州等开发区超过，曾经的"神州第一开发区"只能看着追赶者远去的身影自怨自艾。

最后落户到天津的摩托罗拉以及三星，最开始都是属于大连经济技术开发区的，由于国家产业布局以及自身认识等问题，大连开发区最终与世界两大巨头企业擦肩而过。

有了开发区，就要谈到外商来华投资，也就不得不谈到日资企业。

日本是从 20 世纪 80 年代初开始对华投资的，中国第一家日本独资企业就是落户在大连开发区万宝至马达（大连）有限公司。

1987 年，已经是大连开发区管委会副主任的范永昌赴日本招商，其中拜访的一个企业就是占据微型电机马达世界一半产量的万宝至马达。

当时，与大连竞争的还有上海和天津两地。当万宝至马达负责考察投资环境的西村祥二考察三地之后，认为大连建厂的优势比较多。

大连经济技术开发区新闻中心主任王国栋至今还记得西村祥二所说的大连的优势："一是大连市政府、开发区管委会热忱欢迎万宝至到大连投资，因此前去投资之后好联系，易办事；二是大连会日语的人多，为公司的发展打下了人才基础；三是大连能够吃到生鱼片。"

1991 年 3 月，经国家批准，在大连等市建立了首批国家级高新技术产业园区。

1992 年 10 月，国务院批准成立金石滩国家旅游度假区，同年 11 月 12 日正式挂牌。

大连开发区建区以来，国民经济始终保持快速、健康发展，综合经济实力不断增强。

天津以国际新区为目标

　　1984 年 12 月 6 日，天津经国务院批准建立天津经济技术开发区，其为中国首批国家级开发区之一。

　　天津经济技术开发区的英文名称缩写是"TEDA"，音译为"泰达"。

　　泰达位于天津市东 60 公里，紧邻塘沽区。总规划面积 33 平方公里。此外，还分别在武清县、西青区和汉沽区辟建了逸仙科学工业园、微电子工业区和化学工业区等 3 个区外小区。

　　泰达具有得天独厚的区位优势，依托京、津，辐射三北，其所在的环渤海区域是一个人口密集、城市集中、交通便利、工商业发达、市场容量大、购买力高的黄金地带，具备发展工商业的良好条件。

　　1985 年，在天津市第十届人民代表大会第三次会议上，市长李瑞环提出了"一条扁担挑两头"的构想，即"整个城市以海河为轴线，改造老市区，作为全市的中心，工业发展重点东移，大力发展滨海地区"，并"开辟海河下游新工业区""建设发展滨海新区"。

　　在此基础上形成的《天津城市总体规划方案》，于 1986 年 8 月 4 日获国务院原则批准，并作了 8 点批复，强调天津市工业发展的重点要东移，要大力发展滨海地区，逐步形成以海河为轴线，市区为中心，市区和滨海地区为主体的发展格局。

大的方略确定，大的发展要靠自己；大的发展契机就在眼前，大的机遇已与天津擦肩。

在改革开放的大格局下，"敢冒风险抓机遇，困难面前争主动"这 14 个字读起来顺口，说起来铿锵，做起来却谈何容易！抢抓机遇是一种风险，困难面前不是等靠要，要主动去解决。

1991 年 5 月 12 日，天津经国务院批准，又设立天津港保税区。这是中国北方规模最大的保税区，具有国际贸易、现代物流、临港加工和商品展销四大功能，享有海关、税收、外汇等优惠政策，是高度开放的特殊经济区域。

1993 年 2 至 3 月间，天津经济技术开发区管委会在北京人民大会堂举行大型招商洽谈会，正式拉开了国际招商年的序幕。

1994 年 3 月，天津市市长张立昌代表市委、市政府在天津市第十二届人民代表大会第二次会议上郑重宣布：

用 10 年左右时间，基本建成滨海新区。

张立昌的建议，得到了全体与会代表一致通过。

同月，张立昌市长在天津市第十二届人民代表大会第二次会议上所作的政府工作报告中，进一步阐明了滨海新区建设目标：

> 要经过 10 年左右的开发建设，使新区国民
> 生产总值和出口创汇都占到全市的 40% 以上，
> 随着这一目标的逐步实现，就可以为老企业创
> 造休养生息、焕发青春的条件；就可以形成以
> 老城区支持新区，以新区带动老城区，新老并
> 举，共同发展的局面。
>
> 10 年基本建成滨海新区，是天津市委、市
> 政府作出的一项重大战略部署，是我们赢得竞
> 争主动权的制胜一招。

为加快滨海新区的建设，天津市决定把起步高的新
项目往这里摆，市中心一些老企业也逐步向这里调整。
重点开发高技术、高档次、高附加值的产品，使滨海新
区的资源得到优化配置。

这就是先任市长、后任市委书记的张立昌对滨海新
区一班人的要求。

张立昌说："为什么要这样，因为新的经济增长点在
这里，跨世纪的希望在这里；因为在这 10 年里，要达到
'南有上海浦东，北有滨海新区'这个大目标！"

1993 年，新一届政府上任伊始，就对滨海新区予以
极大的关注，在市政府研究滨海地区总体发展规划的会
议上，市长张立昌就提出了力争 10 年把滨海新区建成以

高科技、外向型为主导，重化工为基础，商贸金融协调发展的综合性新经济区。

从 1993 年下半年到 1994 年，新一届的政府在天津掀起了招商引资的狂潮，在全国形成了一股"天津旋风"，在东南亚、在欧美，天津成为外商们投资的又一亮点。

1993 年 10 月 25 日，市政府研究滨海地区总体发展规划。

张立昌在会上强调：

必须以新的思路、新的招法加快形成新的最大的经济增长点。力争 10 年左右，把滨海新区建成以高科技、外向型为主导，重化工为基础，商贸金融协调发展的综合性新经济区。

1993 年 12 月 7 日，张立昌在韩国汉城举行的"天津在韩国投资环境说明会"上说："今年 7 月，本届市政府组成后，我带领全体副市长首先召开了外商投资企业外方经理座谈会，认真听取了在天津投资的各国朋友的意见。我签发了本届市政府发布的第一号令，即《天津市提高外商投资企业审批工作效率的若干规定》。"

1994 年 2 月 12 日，市政府成立实现四项目标领导小组及第一、第二、第三、第四分组，第四分组又称天津市滨海新区领导小组，组长李盛霖，常务副组长叶迪生，副组长王德惠、辛鸿铎。

天津市民明显地感到新一届政府一股先声夺人的态势，而同时，滨海新区的领导班子也首先感到了自身的压力。

因为天津市已明确，作为改革开放最前沿的滨海新区，在未来的 10 年时间里，要以天津港、开发区、保税区为骨架，现代工业为基础，开放型经济为主导，商贸、金融、旅游竞相发展，形成一个基础设施配套、服务功能齐全、面向新世纪的高度开放的现代化经济新区。

2 月 16 日，滨海新区领导小组召开第一次全体会议，会上成立了滨海新区领导小组办公室，会议部署了滨海新区有关规划编制任务。

3 月 2 日，天津市第十二届人民代表大会第二次会议通过了"三五八十"四项阶段性奋斗目标，确立了用 10 年左右的时间基本建成滨海新区的跨世纪发展战略。

谁能料到，这一片普普通通甚至荒凉的土地上，竟蕴藏了这么大的经济发展潜能，竟有这么大的前所未有的发展契机。

日月如梭，编织着时间的经纬线，沿着这条纵横交织发展的经纬线，我们看到滨海新区的一步又一步扎实的脚印。

副市长、滨海新区领导小组常务副组长叶迪生说："我们一班人很兴奋，感到新一届的政府大胆求新务实。对滨海新区的定位不仅准确，而且为后来国务院对天津的定位有很大的作用。"

1995年1月11日，张立昌市长会见了美国科尔中国公司总经理凯·孟开希和美国通用仪器公司全球生产部总裁尼尔森先生一行。

凯·孟开希说："去年年底张立昌市长在国际企业发展年会上发表的演讲十分成功。在欧洲和美国大企业中引起强烈反响……我们走遍了中国的开发区，大家一致认为天津开发区的投资环境是最好的。"

张立昌毫不掩饰地说："天津开发区已成为全国最好的投资地区，它和保税区一起成为天津对外开放的一面旗帜和天津21世纪最有希望的地区之一，必将推动滨海新区的加快发展。"

1996年，以"96环境年"为行动纲领的持续努力，已悄悄改变着这里的面貌。

60万平方米的泰达公园已经兴建，宽150米的绿化带已融入2500米长的主干道两旁，全区铺草植树已达百万平方米。这些举目可见的绿色来之不易，他们在盐碱滩涂上通过排水洗碱等技术手段创立花香草绿的美，受到全国绿化委员会的表扬。

同时，在双语制国际学校的琅琅读书声中，在泰达国际超市的兴旺交易中，在泰达国际会馆的欢声笑语中，人们更会发现，这里在投资环境、城区环境、人文环境建设上，正在全方位地推进。

同天津开发区艰苦创业于盐碱荒滩，从一开始，就着力形成两个文明相互促进的局面。

全区坚持发展健康、科学、高层次的项目建设，严禁一些投机商带来的弊大于利、低层次的东西。截至1996年上半年，已累计批准外商投资企业2656家，在全国各开发区10项经济指标考核中，8项居第一，两项第二，已形成的电子、生物工程、机械、食品四大产业群，其工业规模、科技含量、市场占有率在全国处于领先地位。

同天津开发区当年在盐碱滩上起步时，一些人不免有所疑虑一样，一开始也有人对滨海新区的设想感到困惑。

但两年过去后，人们看到，在这片盐碱滩上竖起了一道亮丽的风景线。

到1995年底，滨海新区建成面积近125平方公里，累计签约"三资"企业达6112家，占全市的65%；当年国内生产总值达41.6亿元，占全市26.3%；口岸进出口总值217亿美元，约占全国的十三分之一。

更为引人注目的是，全球100家大的跨国公司有60家来滨海新区投资。美国摩托罗拉已投资10亿美元，1995年创下销售收入74亿元人民币、出口额3000多万美元的佳绩。

在滨海新区办公室，周密筹划了投资亿元以上的十大基础设施项目，其中津滨高速公路已进入实质性运作，投资2.8亿元的彩虹大桥业已开工，应邀前来的加拿大专家正在紧锣密鼓地编制滨海新区战略管理信息系统。

到1999年，经过5年的开发建设，滨海新区已经成为天津市最大的经济增长点。

1999 年 9 月，市委书记张立昌在开发区、保税区调研时强调："面对激烈的市场竞争，我们必须以创新的精神，千方百计做好开放这篇大文章。"

历史的脚步跨进 21 世纪，一条牵动东北亚地区经济的"巨龙"，正跃起在环渤海中心地带的一片热土上。紧紧抓住历史机遇而奋勇前进的这条"巨龙"，就是崛起的天津滨海新区。

10 年建成滨海新区是天津市委、市政府作出的战略构想，天津人民为此扎实苦干 7 年，取得了可喜的成就。他们根据本地实际，选择区位条件良好、经济要素齐备、发展潜力巨大的区域进行整合开发，使其成为天津具有聚集效应，对周边地区产生吸引力和辐射力的现代化工业基地，从而增强"入世"后的竞争实力。

2001 年 8 月，天津海关的主要部门迁址开发区，方便了企业通关作业。

2001 年 11 月 15 日，天津港货物吞吐量冲刺亿吨的目标提前实现，一跃成为我国北方的第一个亿吨深水大港。

实施"十五"计划第一年，以天津港、天津经济技术开发区、天津港保税区为骨架的天津滨海新区依托三北腹地，先导、辐射效应进一步强化，天津 10 年建成滨海新区的宏伟蓝图已凸现基本的轮廓。

2001 年 11 月 17 日，《人民日报》以一版头条"十五

开篇"刊登《天津扎实苦干建设滨海新区》的报道,并配发了编辑点评。点评说:

> 10年建成滨海新区是天津市委、市政府做出的战略构想,天津人民为此扎实苦干7年,取得了可喜的成就……

经过十多年的开发建设,天津经济技术开发区投资环境日臻完善,经济实力迅猛发展,已成为中国乃至整个亚洲最具吸引力的投资区域。

以摩托罗拉、雀巢、SEW、诺和诺德等跨国企业为代表,形成了电子通信、食品、机械、生物医药四大支柱产业,经济飞速发展,人均生产总值已达中等发达国家水平,综合实力在全国57个国家级开发区中排名第一,成为"滨海新区"的龙头和天津市重要的经济增长点。

联合国工业开发组织世界范围评选出的100个工业发展最快的地区中,天津开发区也榜上有名。天津经济技术开发区在这样短的时间内,取得如此巨大的成功,不仅是中国的骄傲,在世界的出口加工区中也堪称典范。

2005年3月6日下午,温家宝参加了在人民大会堂天津厅举行的十届全国人大三次会议天津代表团全体会议,温家宝提出了加快滨海新区发展的指示。

同年10月1日,胡锦涛视察天津,对天津滨海新区的工作提出具体要求。

根据跨世纪的宏伟战略，以"21世纪亚洲最大、中国最好的现代化工业区"为目标，天津经济技术开发区"第二次创业"已奏响了序曲，新一轮投资环境、城区环境、人文环境等全方位园区综合建设工程同时启动。

开发区管委会主任说："在不久的将来，一个以工业现代化为基础，管理现代化为支撑，城市现代化为标志的多功能综合性产业区将会呈现在世界的东方！"

天津开发区坐落于环渤海经济圈的中心地带，可以方便地辐射广大的内陆地区。通过津京塘高速公路和铁路与北京、天津相连，另有多条高速公路与天津相连。

运行于开发区、天津、北京间的城际列车采用了中国最先进的子弹头式高速列车。距离北京首都国际机场180公里只用两小时、天津滨海国际机场38公里仅用40分钟、天津新港5公里10分钟即可到达。

开发区是亚欧大陆桥东端，与9条主干铁路和10条主干公路相连，通向主要国内市场。

开发区通过10余条主干公路与全国公路网连通，经北京—天津—塘沽高速公路，到北京需1.5小时车程，山海关—广州高速路、北京—福州高速路均距开发区不远。

最近的港口及距离是天津新港，铁路距离5公里，所要时间10分钟，道路距离两公里，所要时间6分钟；最近的公路是京津塘高速公路；最近的机场是天津滨海国际机场，距离38公里，所要时间40分钟；最近的铁路站是天津站，距离50公里，所要时间42分钟；最近的报关地是天津开发区海关。

走在开发区，会时时感受到繁华都市的浓郁气息。蓝天白云下，开发区投资服务中心、泰达国际酒店、泰达国际心血管疾病医院、市民广场、泰丰公园和鳞次栉比的生活小区，像激越昂扬的旋律中的一组组音符，谱写成了一首阳光的交响乐。

水的再生，物的再生，带来的是自然环境的再生和人的精神风貌的飞扬。南开大学一位教授这样形容："看着本来是一池子污水，经过这么一回收，一转化，就变成了能浇树、浇花的好水，甚至能直接饮用的纯净水。你说神奇不神奇？如今的开发区，也就成了自然泰达。"

开发区也成了天津滨海新区解决就业的风水宝地，安排了将近14万个就业岗位。包括相邻的塘沽、汉沽、大港各区，包括西青、蓟县、宝坻、宁河等县，也包括了来自天津市区的从业者、下岗分流职工。

尽管开发区注册的上万家企业中，外资、合资企业占大多数，但是，生产、管理、销售、采购、研发和零部件配套，都已日益本地化。

据一份资料显示，仅摩托罗拉公司的管理干部就有85%是本地的，销售队伍有98%是本地的。这种本地化趋势也成为泰达加速与国际接轨、与国际大公司合作发展的基础。西方各国先进的管理经验，世界尖端的科学技术，风云诡谲变幻的国际市场上的应对策略，都成为很好的养分。

产业链上的配套服务厂商，也为国内企业和民族工业的发展壮大积累了经验，提供了机会。

开发区积极构建与世界交流的平台，伸出了许多触角。投资的领域也越来越广阔。从房地产、旧城改造、城市开发、基础设施建设，到生物医药、环保产业、纺织服装、垃圾发电，再到风险投资、股权投资、国内外资本运作，都取得了很大进展。

谈起辐射带动，时任开发区管委会主任的李勇非常激动，他从生产总值的带动、产业结构的带动、对天津市本地产业结构升级的带动、技术水平的带动和财政税收的带动方面，都说得很精辟。

李勇特别提到了思想观念的带动，经营理念、法律意识和先进文化的带动。

以"21世纪现代化国际工业新城区"为目标，天津经济技术开发区致力于塑造与国际惯例和国际市场接轨的投资环境。

2007年，天津港累计货物吞吐量突破3亿吨、集装箱吞吐量突破700万标准箱。

天津港70%左右的货物吞吐量和50%以上的口岸进出口货值来自天津以外的各省、区。

北京市强化辐射效应

　　1988 年 5 月，经国务院批准，在环渤海经济中心城市之一的首都北京，建立了中国第一个国家级高新技术产业开发区，即中关村科技园区。中关村科技园区管理委员会作为市政府派出机构对园区实行统一领导和管理。

　　中关村科技园成为北京作为环渤海经济区重点城市的最大筹码。

　　1999 年 6 月，国务院正式批复北京市政府和科学技术部关于实施科教兴国战略，加快建设中关村科技园区的请示，原则同意请示中关于加快建设中关村科技园区的意见和发展规划。这是中国政府实施科教兴国战略，增强我国创新能力和综合国力的一项重大战略决策。

　　国家、中央领导曾先后多次到中关村科技园区视察、指导工作。

　　中关村科技园区覆盖了北京市科技、智力、人才和信息资源最密集的区域，园区内有清华大学、北京大学等高科院校 39 所，在校大学生约 40 万人，中国科学院为代表的各级各类的科研机构 213 家，其中国家工程中心 41 个，重点实验室 42 个，国家级企业技术中心 10 家。

　　经过十多年的发展，中关村科技园区现已形成一区七园的发展格局，包括海淀园、丰台园、昌平园、电子城科技园、亦庄科技园、德胜园和健翔园，其中海淀园的主要功能是高新技术成果的研发、辐射、孵化和商贸中心，其他六园主要功能是高新技术产业的发展基地。

园内有各类高新技术企业万余家，其中有联想、方正等国内知名的公司，还有诺基亚、惠普、IBM、微软为代表的 1600 余家外资企业，跨国公司在园区设立的分支机构已达到 112 家，其中包括研发机构 41 家。

中关村科技园管委会近年来致力于园区的基础设施建设，在硬件建设环境方面，加大规划和投资力度，在中心区通过多元化投融资方式，加速建设了中关村科技商务中心区、中科院科学城、北大科技园和清华科技园。在发展区重点规划建设了中关村软件园、中关村生命科学园、北大生物城、上地信息产业基地、永丰高新技术产业基地等多个专业化产业基地，为高新技术企业快速发展提供了产业化空间。

园区内还有风景如画的颐和园、圆明园、香山等历史名胜和自然风景区，非常适宜人的工作、生活、居住。

作为我国第一个国家级高新技术产业开发区，在十多年里，中关村科技园区经济发展始终保持 30% 的增长速度。

中关村科技园日益成为北京市经济发展的重要增长源，其中涌现出了一大批拥有自主知识产权的新技术企业。

中关村科技园区十分重视发展国际经济技术合作，

积极参与国际经贸活动，充分利用国际各类资本发展高科技产业。

2001年7月13日晚，北京获得2008年奥运会申办权。从这一天起，到2008年还有7年的时间。在这段时间里，北京如何充分地抓住这一难得的发展机遇，在实现"人文奥运、科技奥运、绿色奥运"理念的同时，不但能有效地促进首都经济的提升，而且能推动环渤海经济区域的发展，实现我国经济发展的总体目标，是摆在所有北京人，乃至全中国面前的重大课题。

北京申奥成功是在我国加入世贸组织，进一步改革开放的大背景下实现的，因此，它具有特别重大的意义。它不仅能够提高我国政治地位，树立我国良好的国际形象，更重要的是能对我国的经济发展产生巨大的推动作用。

首都国际机场连接了全球180余个城市，2008年扩建完成后，年客运量达到6000万人次、货运量达到180万吨，步入世界十大机场行列，这一条件被认为是北京临空经济发展的强大支持。

临空经济区已正式列入北京市"十一五"规划，是政府在产业规划、土地供应、重大基础设施建设和政策方面予以扶持的六大高端产业功能区之一。

首都机场集团公司副总经理董志毅在介绍正斥巨资建设的首都航空城时说："首都航空城的建设将对京津冀地区乃至中国北方地区的发展起到深远意义。以航空运输为平台的航空城将加速人流、物流、资金流，成为外向型经济增长极，并成为环渤海经济圈不可或缺的战略性组成部分。"

按照 2005 年北京市政府方面的规划，未来临空经济区将以首都国际机场为核心，逐步形成高科技制造暨出口加工、现代物流暨保税、现代加工制造业、国际展览展示、国际商务和生活服务配套等 6 个功能区域。

顺义区招商局局长胡杰说："北京临空经济区已经成为北京经济的增长点。在 2010 年前，逾百亿美元将投资临空经济区，到 2020 年，临空经济区经济总量将占该市生产总值的十分之一，这时将对环渤海地区起到更为明显的辐射带动作用，并最终成为亚太地区较发达的经济区之一。"

2008 年 2 月 14 日下午，北京市委副书记、市长郭金龙深入北京经济技术开发区进行调查研究。他强调，要在科学发展观指引下，紧紧抓住历史机遇，努力实现北京经济技术开发区又好又快发展。

郭金龙和副市长陆昊首先来到北京经济技术开发区内的诺基亚中国公司总部，察看了诺基亚通信公司的生产车间，了解诺基亚手机的生产和研发情况。随后，郭金龙来到京东方科技集团和中芯国际公司，察看了液晶显示器生产线和集成电路生产线。

郭金龙还详细了解了开发区的建设发展情况，并听取了北京经济技术开发区的工作汇报。

郭金龙强调：

　　要充分认识建设好北京经济技术开发区的重要意义。北京经济技术开发区是北京经济社会发展的一个重要板块，在首都产业结构调整和转变增长方式方面理应作出更大的贡献。

　　北京经济技术开发区是北京在整个环渤海经济区中体现自身经济价值的桥头堡和前沿基地，必须以产业为支撑，进一步发展高端产业，在结构调整中进一步提高质量，以产业兴城，推动亦庄新城建设，实现北京城市区域功能定位要求。

贯彻执行

辽宁抓住大开发机遇

2005 年 10 月 27 日，辽宁省委、省政府在锦州市召开辽西地区市委书记、市长座谈会，听取关于制订省"十一五"发展规划纲要的意见建议，研究加快辽西沿海经济区开发开放等重要问题。

辽西沿海经济区包括锦州、葫芦岛、盘锦、阜新、朝阳 5 个市，具有明显的区位优势和巨大的开发潜力，是辽宁省沿海经济带建设的重要组成部分。

2005 年以来，辽宁省委、省政府作出了"重点开发大连长兴岛、营口沿海产业基地和辽西锦州湾，通过'三点一线'大开发，形成沿海与内地互动的对外开放新格局"的战略决策，推动辽西沿海经济区进入加快开发开放的新阶段。

省委书记李克强，省委副书记、省长张文岳作了重要讲话。

李克强说："辽西地区虽然在全省经济发展中相对落后，但要看到辽西地区处于环渤海湾关键地带，有着巨大的发展潜力。必须从全国区域发展战略布局中看辽西地区发展面临的机遇与挑战，在制订'十一五'规划纲要时将辽西沿海经济区作为我省推动环渤海地区开发的战略重点，科学规划，合理布局，全面加快开发开放进程。"

李克强强调，建设辽西沿海经济区的关键是实现体制机制创新。把辽西地区定位为辽西沿海经济区，对于抓住环渤海湾开发机遇，树立大开放思想，强化改革开放意识，具有十分重要的意义。要着眼全国发展的大格局，科学制订辽西沿海经济区"十一五"规划纲要。

李克强说："要着眼于我省建设以沈阳为中心的辽宁中部城市群经济区、以大连为中心的辽东半岛经济区和辽西沿海经济区的战略全局，科学确定辽西沿海经济区的规划目标。"

李克强指出的规划目标是：

1. 要围绕锦州、盘锦、葫芦岛建设辽西沿海城市群，形成紧密的经济联系，带动整个辽西地区的发展。

2. 阜新、朝阳等辽西北地区要强化开放意识，既作为腹地，也作为近海城市，主动加入环渤海湾开发建设之中，依托沿海城市群，加快外向型经济体系建设。

3. 把锦州湾开发作为辽西沿海经济区建设的突破口，把锦州湾规划建成亿吨大港，发展临港工业，带动辐射腹地发展，形成辽西地区对外开放新格局。

李克强强调：

建设辽西沿海经济区必须加强环境建设。这既有软硬环境建设问题，又有资源整合问题。要围绕开发开放对港口、公路、铁路、水利、能源等基础设施进行科学规划。要按照市场经济规律，以资本为纽带，积极推进港口的股份制改造，实现投资主体多元化。

要加快完善高速公路和港口集疏运网络体系，进一步强化辽西沿海经济区与京、津、唐经济圈和辽宁中部城市群的连通功能。

要加快滨海大通道建设，整合出更多可以利用的土地资源，大力发展临港工业和沿海经济。

在座谈会上，张文岳强调指出：

各市要以这次会议为契机，发挥各自优势，加快资源整合，实现优势互补，共谋辽西沿海经济区经济社会发展。

张文岳对辽西沿海经济区发展提出六点意见：

一是要认真贯彻中央 11 号文件和国办 36 号文件精神，按照全省对外开放工作会议要求，落实各项政策措施，加快推进沿海开发和对外开放工作。

二是要进一步加快体制机制创新。大力推进国有企业改革，加快地方国有企业股份制改造，努力实现投资主体多元化，使企业真正成为自主经营、自负盈亏、自我约束、自我发展的市场主体。积极引导和支持全民创业，强力发展非公有制经济，促进辽西经济振兴。

三是要全力构建具有辽西特色、体现辽西优势的新型产业群，以工业为主推动辽西沿海经济区发展。

四是要为辽西沿海经济区发展提供基本保证。加大科技教育投入，全面提高科教水平。吸引高级经营管理人才、技术人才和高水平技术工人，努力解决辽西地区发展中的人才需求。进一步加强硬环境和法制环境、市场环境、人文环境和舆论环境等软环境建设，为招商引资创造有利条件。

五是按照构建和谐辽宁的总体思路，进一步加大辽西地区扶贫、就业和建设社会主义新农村的工作力度，确保辽西地区社会稳定和人民群众生活得到明显改善。

六是加强区域经济协作。增强辽西地区区域内的经济关联性和经济互补性，进一步整合产业发展优势，促进区域内生产要素充分流动。

张文岳说："要增强辽西地区的对外开放性和对内开放性，以锦州湾开发为龙头，加快建设贯通辽西地区的通道，大力发展腹地经济，使腹地经济与沿海港区良性互动。打破各市间的行政界线，建立统一市场，逐步实现发达的中心城市、次发达的卫星城市和欠发达地区的梯次性发展。"

在座谈会后，李克强、张文岳实地考察了锦州港和西海工业园、白马工业园建设情况，并就做好锦州湾开发建设规划提出重要意见。

2007年6月10日至15日，以采访报道"五点一线"及辽宁沿海经济带为主题的"全国网络媒体辽宁行"活动举行。由中央及全国知名网络媒体组成的采访团对辽宁省加强振兴老工业基地、构建和谐辽宁的各方面工作进行了全方位的采访报道，这次活动也向社会展示了辽宁沿海开放的重大成果。

2009年3月，在十一届全国人大二次会议上，来自辽宁省的代表建议，将沈阳经济区列入被誉为"新特区"的国家新型工业化综合配套改革试验区，允许在行政管理、财政金融、资源配置、产业链发展、技术创新、绩效评价等领域探索建立支撑循环经济发展的新机制。

这意味着在打造国家新型产业基地重要增长区的同时，沈阳经济区把眼光投向了更宽广的发展空间。

3月11日，辽宁省代表一份关于将沈阳经济区设立为国家新型工业化综合配套改革试验区的建议正式向大会提出。

沈阳经济区是指以沈阳为中心，在半径100公里范围内汇聚的沈阳、鞍山、抚顺3个特大城市和本溪、营口、阜新、辽阳、铁岭5个大城市。该区是国家重要的装备制造业和原材料工业基地，已形成冶金、机械、石油、化工、煤炭、电力、建材等较完备的重化工工业体系，其主导产业具有国内领先地位和国际竞争优势。

赵长义等 13 位代表在建议中说，沈阳经济区地处我国东北腹地，是连接内地与环渤海经济圈的"咽喉"和"要道"，具有独特的自然条件和区位优势，拥有良好的发展基础。

沈阳经济区工业聚集特征明显，发展主题突出了新型工业化，在此设立国家综合配套改革试验区，不仅会推动东北老工业基地产业结构优化升级，而且能够在提高自主创新能力，发展现代产业体系等方面积累实践经验，促进传统工业由大变强，探索出一条有中国特色新型工业化崛起之路。

代表们说："集中力量把这一地区规划好、建设好、使用好，可以形成一个新的经济隆起带，有力推动环渤海经济圈的发展，促进我国参与东北亚经济合作，拓展我国对外开放的新空间。"

代表们认为，沈阳经济区发展要进行的系列探索和创新举措，需要这样的国家级"平台"。

代表们说："当前，浅层次的、相对容易完成的改革任务基本上都已完成，改革逐步迈进'深水区'，各项改革正向更深层次的攻坚阶段挺进。"

从 2003 年起，该区内城市成立了协调合作机构，建立了高层协调机制。辽宁省政府也成立了沈阳经济区工作领导小组，研究确定经济区重大发展战略、发展规划、政策措施和实施方案，督促落实经济区的重大战略决策，协调解决区域发展中的重大问题。

沈阳经济区总体发展规划已经颁布，各产业带规划、城镇带规划业已完成待批。该区业已签署 50 余项合作协议，促进了区域内优势产业整合，形成了全方位开放与广泛合作的良好区域环境。

为进一步加大沈阳经济区改革创新力度，辽宁省开展了申报国家综合配套改革试验区工作。

2008 年 5 月，辽宁省专门邀请国家发改委有关司局领导来指导申报工作，还组织人员赴武汉城市圈等国家综合配套改革试验区进行学习考察。

在国家正式批准之前，本着"边申报、边组织实施"的原则，辽宁省抓紧研究出台人口管理、社保、金融、通讯、卫生等方面改革措施，争取尽快突破，切实使沈阳经济区一体化发展走在全国前列。

山东打造半岛城市群

2003 年，中共山东省委常委会工作要点明确提出：

> 规划建设生态省，促进经济与人口、资源、
> 环境协调发展。

山东省是中国东部沿海的一个重要省份，位于黄河下游，东临渤海、黄海，与朝鲜半岛、日本列岛隔海相望，西北与河北省接壤，西南与河南省交界，南与安徽、江苏省毗邻。山东半岛与辽东半岛相对，环抱着渤海湾。

从历史上看，山东与环渤海经济圈的辽宁、河北两省和北京、天津两直辖市之间有着十分密切的经济交往与联系。

自国家提出环渤海经济圈发展战略后，山东与环渤海经济圈其他各省市之间的经济合作翻开了崭新的一页。由此，山东加快了与环渤海经济区的融合。

2003 年 9 月 26 日，山东省十届人大常委会作出了《关于建设生态省的决议》。

紧接着，省委、省政府召开了生态省建设动员大会，正式颁布实施《山东生态省建设规划纲要》。这标志着山东省生态省建设全面启动，实施可持续发展战略进入了

一个新的历史发展阶段。

2003年12月，山东省成立了由省委、省政府五部门组成的生态省建设宣传教育办公室，印发了《关于加强生态省建设宣传教育工作的意见》。

2004年7月和8月，山东省举办了全省市级领导干部生态省建设研讨班，县、市领导干部生态省建设培训班。在省委党校、省军区、省直有关部门、部分市、县举办了10余场生态建设学术报告会和辅导报告。

山东省人大于8月份召开了发展循环经济推进生态省建设座谈会。

9月16日至18日，在青岛成功举办了"山东生态省建设高层论坛暨第一届绿色产业国际博览会"，中国、韩国、日本、美国等11个国家和联合国工业发展组织的802个单位参加了会议，为生态省建设打造了宣传教育和交流工作的平台。

山东省编制完成的《山东生态省建设规划纲要》，通过了国家环保总局和省政府组织的省部级专家论证。其总体目标是，经过20年左右的努力，把山东基本建设成为经济繁荣、人民富裕、环境优美、社会文明的生态省。

总的指导思想是：

紧紧围绕建设"大而强、富而美的社会主义新山东"和"两个提前"的总目标，抓住环境保护、生态建设、循环经济三大重点和结构调整、水资源优化配置、国土绿化、污染防治4个关键环节，建设以循环经济理念为指导的生态经济体系、可持续利用的资源保障体系、山川秀美的生态环境体系、与自然和谐的人居环境体系、支撑可持续发展的环境安全体系和体现现代文明的生态文化体系。

全省十七市依据《山东生态省建设规划纲要》，结合自己实际情况编制了生态市建设规划。

生态省建设工作领导小组办公室对建设规划的总体要求，应把握的原则、规划的主要内容，规划编制的组织管理等工作提出了具体的指导性意见，并组织高层次专家进行论证，保证了生态市、县建设规划的编制质量。

规划要求，各县、市、区编制生态县建设规划要结合本地实际，发挥本地优势，要突出重点、体现区域特色，要既有前瞻性又有现实性，实现规划目标的措施尽量做到工程化、具体化、明晰化、时限化，把生态县建设的任务落到实处。

2004 年，山东省章丘市、胶南市等 6 个国家级生态示范区建设试点先后通过国家环保总局验收，全省已有 94 个县、市、区成为国家级和省级生态示范区建设试点，有 6 个获得国家级生态示范区命名；全省已有 10 个城市被授予国家环境保护模范城市称号。

2004 年，山东省向国家环保总局申报了 6 个环境优

贯彻执行

063

美乡镇，考核验收并命名了11个省级环境优美乡镇。

同时，山东省坚持用循环经济理论指导并规范经济社会活动，初步建立了具有山东特色的"点、线、面"循环经济试点。烟台经济技术开发区、威海高新技术开发区成为ISO14000国家示范区，全省200家企业实行了清洁生产，烟台经济技术开发区、鲁北化工集团、潍坊海化开发区等开展了生态工业园区建设试点。

县作为城市经济与农村经济的结合部，在国民经济和社会发展的全局中处于重要的战略地位。山东省特别要求，在生态建设工作中，遵循自下而上的创建思路，以生态县建设为基础，以抓好生态建设项目为重点，扎实推进生态省建设。

"十一五"期间，山东的一个大动作是要打造以青岛为龙头的山东半岛城市群和半岛制造业基地，以带动整个山东半岛经济的发展，进而辐射腹地，加强与环渤海各省市区的合作。

山东半岛城市群包括济南、青岛、淄博、东营、烟台、潍坊、威海、日照八市。在这个大部分由海岸线所围成的区域内，海尔、海信、澳柯玛、双星、青啤、重汽、胜利油田、齐鲁石化等国内知名企业，紧紧地附着在这条城市链上，形成了一条蔚为壮观的制造产业带。

2005年1月14日，山东省发改委编制规划，在20年内，胶东半岛的青、烟、威三市将建设轻轨725公里，实现3个市市区内、市区至重要卫星城的快速、方便连接，使之能够在一小时内到达。

按照规划，烟台和威海两市有望在 2010 年前实现轻轨直接相连。烟、威之间的轻轨起点分别在烟台火车站和威海火车站，总长度 79 公里，其中烟台市域内长度为 56 公里，威海市域内长 23 公里，途经旅游胜地养马岛。2010 年之后，烟、威两市将再各自增建 120 公里的轻轨线路。

按照规划，青岛 2010 年前也将建设中心城区连接卫星城的轻轨，长达 79 公里的线路，分为薛家岛—开发区—胶南和城阳—棘洪滩—胶州两段，西海岸的开发区和胶南、城阳、胶州三大卫星城将首先连接在一起。

2010 年之后将是青岛市轻轨交通大发展的时期，新建总长达 317 公里的轻轨线路。届时，青岛市城区与主要卫星城胶南、胶州、平度、莱西、即墨，以及城区与主要风景区之间全部由轻轨线路连通，青岛一小时经济圈将打造完成。青岛的城市轻轨交通系统将与其地铁系统共同构成青岛市的快速轨道交通网。

2005 年 1 月 17 日，省长韩寓群在山东省第十届人民代表大会第三次会议上所作的政府工作报告中指出："山东半岛城市群规划体系编制已经完成，区域内部合作全面启动，'8＋2'无障碍旅游区、胶东半岛三市人才开发一体化工作机制开始建立。"

1 月 18 日，青岛、烟台、威海召开市长联席会议，决定建立青、烟、威三市市长联席会议制度，加强三市

贯彻执行

在发展规划、产业布局、基础设施等方面的沟通协调，通力打造半岛制造业基地。

2月3日，山东省政协委员在政协第九届山东省委员会第三次会议上，提出将滨州市纳入山东半岛城市群的建议提案。

2005年4月12日，经山东省政府同意，《山东半岛城市群区域发展规划》正式出台。"规划"提出，要按照一小时通勤的要求，加紧构筑以济南、青岛为核心的两个相互联系、相互衔接、各具特色的都市圈。到2010年，基本实现100公里范围内的通勤连接；到2020年，通勤范围争取达到200公里。

5月25日，由北京大学编制的《山东半岛城市群总体规划》评审会在济南由省政府主持召开，山东半岛城市群的规划方案通过评审。

按照该规划，将打造由青岛、济南、烟台、淄博、潍坊、威海、东营和日照8个城市组成的区域综合竞争力强大的都市连绵区和城市空间联系密集区，其间将以青岛为龙头城市，以青岛、济南为区域双中心城市，以烟台为副中心城市。

5月30日至31日，中共山东省委、省人民政府在青岛召开发挥青岛龙头带动作用工作会议。

会议的主要任务是，树立和落实科学发展观，就进一步加快青岛的发展，发挥青岛龙头带动作用作出全面部署。

省委书记张高丽指出，要抓住山东半岛城市群建设的机遇，充分认识青岛在山东半岛城市群中的重要地位，高起点规划，高水平建设，高效能管理，高度重视加强生态保护，使城市规划建设管理再上一个新水平。

2005年8月30日，国家发改委首次公布2005年上半年七大城市群经济运行的情况。

这七大城市群包括山东半岛、中原、辽中南、关中、武汉、哈长和长株潭7个地区。

根据发改委的统计，山东半岛、辽中南和哈长地区经济总量已具相当规模，经济总量分别达到珠江三角洲都市圈的78%、47%和48%。从产业结构看，七大城市群的第一、第三产业增速均高于全国平均水平，第二产业除哈长地区外的其他城市群增速均高于全国平均水平。

七大城市群固定资产投资增速均超过35%，其中山东半岛的投资总额已超过京、津、冀与珠三角都市圈，约为京、津、冀的114%、珠三角的166%。

2005年9月5日，山东半岛城市群的青岛、济南、淄博、东营、烟台、潍坊、威海、日照等8个城市和韩国的釜山、大邱、仁川、水原、群山、安山、龙仁、平泽等8个城市的政府代表团成员会聚青岛，参加山东省政府与韩国驻青岛总领事馆主办的"第一届中国（山东省）—韩国城市经济交流会议"。

与会者认为，为适应经济全球化和区域经济合作进程不断加快的需要，双方城市和政府应该在现有合作的基础上，积极参与"次区域"经济交流与合作，实现互利共赢。韩国驻青岛总领事辛亨根认为，为了应对世界经济环境的变化，应继续探索崭新的合作框架。

这样的合作框架之一就是韩中"8＋8"城市经济交流会议，希望其成为加强地方政府力量的重要契机。

10月22日，"2005山东半岛城市群人才联盟人才交流会"在济南举办。

济南、青岛、淄博、东营、烟台、潍坊、威海、日照八城市联手搭建的这一区域人才流动平台，吸引了山东省内外近300家单位参会，并带来了7000余个就业岗位。

2005年10月21日，在山东考察访问的日本关西地区经济界访问团表示：日本企业在华投资更青睐山东，并将其视为在华投资首选地。

创建北方技术转移联盟

2005 年 4 月 29 日，在科技部的支持下，环渤海经济区北京、天津、河北、山西、内蒙古、辽宁和山东两市五省（区）的技术市场管理部门及技术经纪机构共同发起创建的环渤海技术转移联盟宣告成立。

环渤海经济区是我国北方规模最大的经济区域，区位优势突出，科技资源和自然资源得天独厚，但是总体发展水平较差，区域内各省市之间发展极不平衡。

为充分发挥两市五省（区）各自优势，加强技术、资本及相关资源整合，加速科技成果转化，促进区域经济社会的协调发展，多年来，两市五省（区）技术市场管理部门和技术经纪机构加大协作力度，并积极酝酿组建环渤海技术转移联盟。

在当天的联盟成立大会上，北京技术市场管理办公室、天津市科委成果市场处、河北省科技厅成果市场处、山西省科技厅技术市场管理办公室、内蒙古技术市场促进中心、辽宁省科技厅成果市场处和山东省科技厅技术市场管理办公室共同签署了《环渤海技术转移合作协议》，标志着两市五省（区）的区域技术经济合作进入一个新阶段。

联盟成立大会上，科技部计划司巡视员申茂向大家作了讲话，希望环渤海技术转移联盟今后加强开拓，注重创新，因地制宜，稳步发展。

来自两市五省（区）科技厅的领导出席了会议。

继 2005 年 1 月 27 日东北技术转移联盟成立之后，仅仅时隔 3 个月，环渤海技术转移联盟便宣告成立，这给我国建立和完善技术转移机制，建设中国特色的国家创新体系起到了积极的推动作用。

2005 年 10 月 31 日，国家海洋局北海区工作协调指导委员会第五次会议上宣布：作为国家海洋局北海区的重要经济增长点，环渤海经济区去年主要海洋产业总产值已超过 4000 亿元，占我国海洋产业总产值的三分之一。环渤海经济区当时已成为我国海洋经济"龙头"。

自"北海区工作协调指导委员会"成立 5 年来，北海区海域使用管理工作呈现出几个新的特点，一是讲政治；二是讲力度；三是讲策略。

讲政治是指各沿海省市针对地方管理条块分割等不利因素，站在全局的高度，加大教育宣传力度，大胆开展工作。

讲力度是说初步实现了监控、管理、处罚的高密度、高效率。以养殖用海确权发证工作为例，各地基本达到了 90% 以上，部分历史遗留问题相对简单的地区，确权发证率已经达到了 100%。

讲策略，就是在贯彻管理意图的手段上大胆创新，有新思路。通过教育和必要的行政手段相结合，对历史遗留问题和新生问题区别对待，实际工作中采取"因地制宜、先易后难"等创新方法，突破了海域使用管理工作中存在的诸多瓶颈和难关，实现了由乱而治，基本上做到了应管尽管。

国家海洋局北海分局局长王志远说：

　　做好"十一五"规划中的环渤海区域省、市的海洋规划工作是这次会议的中心工作。海洋行政管理工作的目标就是要树立"大海洋"意识，要充分发挥区域海洋范围内的省市联合发展优势，共促区域海洋经济和谐快速地发展与繁荣，这是我们的工作，更是我们的责任。

　　要科学合理地进行北海区海洋规划，这是海洋行政管理工作的基础，也是能否最终实现海洋经济和谐发展的前提。"十一五"规划是全面建设小康社会目标和科学发展观提出后的第一个五年规划，2006年将进入实施阶段。

　　因此，要充分认识海洋经济在国民经济中的地位和作用，进一步提高"靠海而富，因海而强"的认识，树立北海区良好形象，全面做好"十一五"北海区海洋规划工作。重点建立综合管理机制，为海洋经济发展服务。就海洋综合管理体制、机制和运作方式做更深入的探索，最终达到整合海区信息、人才、技术等各方面的优势资源，协调一致，共同发展的目的。

环渤海经济区未来发展的难点和矛盾是海洋开发与海洋环境保护。怎么解决这个矛盾？与会代表纷纷畅所欲言。

天津市海洋局局长张海河认为，必须进行大区域合作与协调，把海洋资源化管理上升为海洋行政管理机制。

河北省国土资源厅副厅长王保民认为，渤海海洋环境保护需要"撒手锏"，应对其进行综合管理与整治。

同时，代表们还认为，陆域与海域的界线问题也是当前需要划清的主要难点。依靠初级海洋资源开发、劳动力丰富的现有模式，已经很难再维持环渤海经济区的海洋经济持续高速发展，调整海洋经济发展思路，转变增长方式，增大科技含量已经时不我待。

此外，海洋资源利用"无序、无度、无偿"状态，管理交叉执法，地区与产业间缺少协调等现象，也暴露出传统的海洋管理模式已不能适应全球化和市场化的新形势，不能适应现代海洋经济的新需求。

来自环渤海经济区的国家海洋局北海分局与辽宁省海洋与渔业局、河北省海洋局国土资源厅、山东省海洋与渔业局、天津市海洋局、大连市海洋与渔业局、青岛市海洋与渔业局的主要领导出席会议并发言。

三、 优势初现

- 李树声说:"今后的区域经济发展,是以一个主城区为核心的城市群体,叫作城市群或经济圈。现在公认的设想是以北京为核心的环渤海经济圈或城市群。"

- 胡锦涛在山东省考察时指出:"要大力发展海洋经济,科学开发海洋资源,培育海洋优势产业,打造山东半岛蓝色经济区。"

积极促进台商产业北移

2006年6月12日，深圳台协会会长郑荣文说："我们从去年开始，就考虑产业转移最佳时机点，会内成立了投资考察小组，到各地了解投资环境。缺乏劳动力、水电资源不足，加上许多具备发展优势的地方政府积极招手，都是促成台商北移的催化剂。"

环渤海区已列入"十一五"规划重点发展区域，中央是否给"政策"比什么都重要。

许多深圳台商说，在中央政策的利多之下，位于环渤海区核心的城市，将会有大量资金投入基础设施，而为了吸引台外商聚集，投资的条件也将更为优惠，未来他们将成为台商北移的新据点。

大陆每个大城市都有其发展特点，台商产业应先了解该城市规划再投入。而台商北移或许不见得移走整个产业，但显然，透过寻找新根据地才能在下一步竞逐中获取更大利基点。

20多年前，人口2.8万人的深圳只是个小渔村，但是，这个吹响中国改革开放号角的南方小镇，已经蜕变为1200万人口的大都市。当年，怀抱再创业梦想进广东的台商，也都已攀上事业最高峰，不是扩厂，就是"北伐"寻求新基地。

1989 年，前往深圳创立金顺台艺品厂的郑荣文说："当时选择深圳主要是进可攻内销市场，退可守外销市场。20 个工人薪资，还抵不上一个台湾地区的经理，你投不投资？"

就这样，郑荣文的艺品厂规模渐大，投资数千万美元，每年行销欧美产值已达数亿人民币。

随着珠三角投资环境的变化，台商北移已成趋势。表面上，投资环境变化、商务成本提高是主要原因，但地方产业面临升级、寻找附加价值更高的投资地，也是考虑要素。台商北移和当年台商登陆如出一辙。

台湾电公会公布报告，把当前大陆投资环境概括为："珠三角的投资环境在恶化，长三角接近饱和，环渤海经济圈正在崛起。"

广东省台商服务中心投资部执行长刘冠逸说："看准北移趋势，北方各省政府无不倾巢而出，进行抢入大作战，深圳市内的开发区招商办，就多达 200 多个。"

地方政府吸引台商的确各凭本事，除了优越的投资条件吸引台商外，铆足劲招商是关键。常被台商津津乐道的是有"小台北"之称的昆山。

当时，昆山市副市长朱凤泉为了研究如何在昆山建立笔记型电脑生产链，将一部笔记型电脑拆开，将内建的 800 多个零组件逐一找出是哪个台商制造的，列出名单看哪些厂商还没到昆山投资。

多次来台的昆山开发区管委会主任宣炳龙，每次离台都拍摄数百张台湾加工出口区的环境规划图,背回好几袋资料。他说:"学好台湾营运模式,比招商更重要。"

台商说:"打完九洞高尔夫球,就可完成笔记型电脑的采购。"

对于国际采购大厂来说,这在全球是难以想象的事。能从一个名不见经传的小镇,发展成全球 IT 制造业中心,昆山除了因政府招商得力外,利用上海作为 IT 产业的研发基地,联结研发、制造及销售流程,也是主要因素。

类似昆山这样的城市,在我国北方地区也开始"复制"。

经常到大陆各地考察的郑荣文,就看上了位于天安门广场正南 50 公里、越来越多台商聚集的固安开发区。它与北京城隔着永定河相望,具备发展 IT 信息及汽车工业的条件。

固安不被外人熟知主要是因为 2004 年才运作,但不到两年,就有数一数二的 IT 企业京东方,投资 20 亿人民币进驻。

固安距首都机场及天津新港都不到 40 分钟的车程,境内还有数条国道及高速公路贯穿。更重要的是,它有条件发展成北方的"昆山",主要是利用中关村成熟的 IT 产业链作为研发总部,把低廉的制造链放在固安。

2002 年 10 月,北京与天津港口岸开始直通。两市实现了港口功能一体化。首都国际机场和天津滨海国际机场联合,率先实现了中国民航跨区域的机场整合。

而北起山海关、南至山东烟台的环渤海经济圈铁路大动脉，其烟台段首条铺通的地方铁路大莱龙铁路已于2006年6月全线正式开通运营。

2004年，台商郭台铭选点烟台，又一个富士康工业园落户这里。

2006年3月，天津滨海新区开发开放被正式纳入国家发展战略布局。6月6日，国务院透过中国政府网全文发布《国务院推进天津滨海新区开发开放有关问题的意见》。

从地方战略上升到国家战略，从战略提出到战略实施，被认为中国经济第三只引擎的天津滨海新区开发开放，终于在海内外长时期的关注中"鸣枪"起跑，担负起引领中国经济未来的使命。

经济专家用"深意、新意、和意"6个字解读这一战略布局。观察家认为，这样的解读不仅仅是热闹，也正说明天津滨海新区开发开放是中国新阶段改革发展的一个缩影。

天津市滨海新区管委会主任说："当天津滨海新区开发开放升格为国家战略后，人们对于国家这一战略布局的深意也豁然开朗。"

经济界人士称，中国推进改革开放走的是一条"在沿海选择'战略极点'牵引"的路径。

中国选择20世纪80年代开发深圳、90年代选择开发浦东，掀起了中国经济发展的两波高潮。

中国统计年鉴表明，珠三角、长三角已跃升为中国经济最活跃的"两极"，而环渤海城市群发展仍较缓慢。中国当前经济发展呈"南快北慢"态势。

大家把这种现象总结为："先进的城市，落后的地区。"2005年一度公开披露的环京、津贫困带调查，让人们见识了在这两大繁华都市周围的贫困现状。

在这种背景下，国家选择开发天津滨海新区，希望用天津滨海新区来带动环渤海乃至我国北方经济的发展。

天津滨海新区位于天津东部临海地区，地处环渤海湾的中心，是华北、西北地区通向世界各地最短最好的出海口，与日本、韩国隔海相望，是我国对外开放的重要窗口，无疑是最合适的新引擎。

国家发展和改革委员会6月8日宣布，空中客车A320飞机中国总装厂落户天津。空中客车公司的A320系列是全球航空市场150座级单通道飞机的主力机型之一，在华合资建设的A320系列飞机总装线将完全按照空客公司在欧洲生产线的标准和工艺，生产的飞机具有相同的质量和价格竞争力。

在中国20多年承接国际低端劳动密集型产业转移的背景下，空中客车落户无疑是一个"符号性"事件，折射着中国制造业开始转轨迈入向高端发展的新阶段。

根据国家对滨海新区的功能定位，这里将是我国高水准的现代制造业和研发转化基地、北方国际航运中心和国际物流中心。

天津滨海新区管委会副主任宋联新说："这与当年深圳和浦东开发的起步不同，滨海新区开发是在中国融入经济全球化新形势下启动的，其发展模式不能再纯粹以追求生产总值为目标，必须遵守科学发展观，走新型工业化协调发展道路。"

宋联新说："与当年深圳和浦东起步时的另一个不同是，天津滨海新区一开始就被确定为国家综合改革试验区，为全国新阶段改革开放提供示范性经验。深圳和浦东的最初开发动力则重点来源于政策或财政倾斜。"

4月26日，国务院正式批准天津滨海新区进行综合配套改革试点。《国务院关于推进天津滨海新区开发开放有关问题的意见》中随处可见的"新"字，且都在管理、金融、土地、财税等多方面改革举措中闪现，为综合改革试验区渲染出一片新意。

北大政府管理学院教授谢庆奎说："这与我国改革所处阶段吻合。从全国形势来看，靠体制内的优惠政策来推动社会前进已后继乏力，目前改革进入体制改革和创新'深水区'。国家设立综合配套改革试点，就是为了在'深水区'给全国的改革探路。"

2005年11月下旬，渤海产业发展基金经国家发改委批复同意在天津设立。同年12月31日，首家总部设立在天津的全国性股份制商业银行——渤海银行挂牌。这些金融创新都明显具有"试点和先导作用"。

2005年12月6日，河北省省长季允石向天津市市长戴相龙表示："河北省将把滨海新区开发开放作为加强两省、市经济技术合作，促进环渤海地区经济发展的重要机遇。"

第二天，北京市市长王岐山作出了几乎相同的表述："北京要抓住天津滨海新区建设机遇，与天津进一步密切联系，不断加强软、硬环境建设，建立定期的资讯沟通机制，共同推进京、津、冀环渤海地区发展。"

天津市委财经办研究员马献林认为："这种外部'和意'是天津滨海新区开发开放最迫切需要的。"

地方高层的发展眼光已发生变化，开始从区域视角谋划发展。天津滨海新区开发开放将跃上区域内行政主动推动的层面。

根据滨海新区"十一五"发展目标，初步测算，未来5年需要建设的专案累计投资在5000亿元。保持这样大的投资力度，显然必须透过多种途径筹措资金。因此，加大民营资本的进入是一个重要手段。

南开大学经济研究所副所长刘刚认为，滨海新区自主创新能力亟须增强。滨海新区七大高新技术产业群已初具规模，但国外的技术、品牌占有绝对优势，大多数为人们所熟知的产品都是透过招商引资和技术引进的方式来生产的，必须在培育具有本土品牌和自主知识产权方面有一个大的进步和突破。

环渤海地区交通便利，陆海空运输十分畅通。其中，首都国际机场是全国最大的客运航空港，天津正在努力建设成为"北方航空货运中心"和"东北亚航空货运集散地"。

环渤海地区的其他城市的航空业也都十分发达。环渤海地区沿岸有大大小小的港口40多个、国家级港口5个，分别是天津、大连、秦皇岛、青岛、烟台。其中天津、大连、青岛、秦皇岛吞吐量均已过亿。

2007年，台湾《远见》杂志发表文章，对环渤海经济圈表示了关注。该地区有名的台商有生产"康师傅"的顶新国际、大成食品、统一，以及围绕摩托罗拉的周边零组件厂，如台达电、光宝等。不过，近年来，台商已经逐渐将注意力北移。鸿海就同时看好北京及天津。其他厂商如正崴、光宝、大成、荣刚等也有增加投资的趋势。

由台湾电机电子工业同业公会所作的《中国（大陆）地区投资环境与风险调查》显示，在整体投资环境上，华东地区仍然像几年前一样，是台商们的最爱。但是环渤海经济区的整体竞争力已超越华东。

2009年5月15日，台湾肥料股份有限公司董事长钟荣吉率台湾团来烟台参加鲁台科技交流合作周，他说："这是我第一次来山东，主要是来考察这边的投资环境。"钟荣吉相信公司会在山东找到合适的投资项目。

对于经营台湾肥料股份有限公司的钟荣吉来说，农业产业化经营是他最大的梦想。到山东一天的时间，公司就与莱阳巨力公司签约，购买了其生产的化肥。

钟荣吉说："这种经贸合作可以形成互补，是一种双赢的局面。"

新光纺织有限公司是最早入驻烟台的台资企业之一，所生产的"美光牌"金银丝在全球纺织行业内享有盛名。

新光公司的发展壮大带动了 4 家生产、销售金银丝的同类企业入驻烟台。同时，也吸引了日本、韩国等多家外资公司来烟台投资。

公司董事长廖庆富说："随着企业的发展，公司准备与国内外一些厂家进行合作，把上游项目、产品带到烟台来。"

自 1988 年第一家台资企业在烟台开厂以来，台商在烟台投资的数量和规模逐年上升。截至 2008 年底，烟台累计利用台资 40 亿美元，台资企业盈利面达 80% 以上。

而烟台的情况只是山东省的一个缩影。山东省台办经济处处长王清玉介绍说，华新丽华、旺旺集团、康师傅等著名台资企业都在山东有投资，其中，大润发超市在鲁已经有百余家连锁店，并预计在 2012 年前达到 200 家；英派斯也已被评为国家知名品牌。

山东省累计批准台资项目超过 7000 个，合同台资额 200 多亿美元，实际利用台资 150 亿美元，投产开业台资企业 4600 多家。台资仅次于韩资、港资，成为山东省的第三大外来资本。

王清玉说："2008 年，青岛和台湾完成空中直航，烟台等港口与台湾水路直通。济南又被批准成为下一批直航点。"

环渤海经济圈协议台资金额已达 200 多亿美元。环渤海经济圈被台商誉为"遗落北方 20 年的待掘明珠"。

高铁提速城市群崛起

2008 年 10 月 7 日，京石客运专线在涿州市正式开工建设。京石铁路客运专线是北京—广州—深圳—香港客运专线的一部分。

这条正线全长 218 公里、速度目标值每小时 350 公里的高速铁路建成后，乘坐高速列车在北京至石家庄之间旅行将只需不到 1 个小时。

石家庄市委、市政府决策咨询委员会副主任李树声说："这意味着，石家庄即将迎来高速铁路时代。"

铁路建成后，在全国的高速铁路网络中，从石家庄到北京、济南、太原、武汉、郑州等地，都将有高速铁路满足人们快速出行的需求。而这对城市的影响将不可估量。

李树声说："今后的区域经济发展，是以一个主城区为核心的城市群体，叫作城市群或经济圈。从 20 世纪 90 年代，京、津、冀的区域经济被关注，有过多种设想。最初是京、津、冀一体化，后来提到发展大北京，之后又提到用两个金三角带动京、津、冀，这两个金三角是指北京—天津—唐山和北京—天津—保定。这些提法都反映了对区域经济协调发展的构想。现在公认的设想是以北京为核心的环渤海经济圈或城市群。"

李树声表示："我们区域经济发展的目标是，在未来把以北京为核心的环渤海城市群建设成为世界第七大城市群，对中国经济发展将起到挑大梁的作用。

"这一发展机遇对石家庄来说是很关键的，而高速铁路网络正是发展这一城市群为世界第七大城市群的前提条件。现有公认的世界六大城市群是纽约城市群、东京城市群、多伦多与芝加哥城市群、巴黎与阿姆斯特丹城市群、伦敦与曼彻斯特城市群和中国的上海城市群。"

李树声说："发展世界第七大城市群，交通路网是前提条件，区域经济发展过去一直在喊，但随着高速铁路的开工建设和高速铁路、公路路网的形成，城市进入高速路网时代，才能有真正意义上的区域经济协调发展。"

路网建设将在一个经济圈或城市群之间形成城连城、线连线的格局，城乡一体化的发展又使县域经济可以搭上快速发展的班车，大大缩短城市群之间的时空距离，淡化行政区划，实现经济区域协调发展。

按照规划，以北京为核心的环渤海城市群在这次崛起中是分步实现的，第一步是京、津、冀，第二步纳入山西，第三步纳入辽宁和济南，而这个发展过程与路网建设也是分不开的。

宁女士是北京一家教育产业公司的员工，2007 年被公司派到石家庄工作。

宁女士说："这一年来我的生活就是，每周日下午从北京赶到石家庄，周五下午或周六上午乘坐火车回北京。

而在石家庄的工作日，住在公司给我租的房子里。"

宁女士高兴地说："现在往返北京与石家庄之间，一般都是乘坐和谐号动车组或城际列车，已经感觉很快捷了。"

很难想象，将来一个小时乘坐火车从北京来到石家庄，对她的生活将有多大的影响。

宁女士说："高速铁路将使她这种候鸟式的居住工作方式更加方便，在北京市内出行，遇到堵车都会超过一个小时，而将来却只需要一个小时就能到达300公里外的另一个城市。"

李树声说："高速路网对人的生活方式的影响是巨大的。根据国家铁路网中长期发展规划，未来的铁路客运系统设计标准都在时速200公里以上。未来途经我省境内的高速铁路通道还包括京武、京沪、青太、津秦、京张、京承等几条大通道，这些高速铁路通道建成后，河北11个市、区都将进入国家高速铁路网络中。"

李树声还提到，高速公路总里程，河北是全国第一。

李树声说："人，不将只属于一个城市，而是属于一个城市群，一个区域。不同城市之间人的距离也会大大缩短，下午，你还在石家庄的办公室完成老板布置的工作，晚上，就可以回到北京的家里享受亲人做好的晚餐。"

高速交通对人的另一个影响是人才流动更加频繁和方便。

李树声说："过去有个说法，'只见状元名，不见状元返回城'，说明一些人才会向大城市流动。这是正常现象，但在区域经济协调发展格局中，比如有些产业北京这样的核心城市会放弃，石家庄这样的城市会发展。留住人才主要靠的是事业，你从事的是这一事业，事业在石家庄你就得到石家庄，一定程度上会避免人才都向北京这样的核心城市拥挤，而别的地方留不住人。"

100 多年前，正太铁路和京汉铁路的交会使石家庄商贾云集，也催生了石家庄这座城市。

人们不禁会问："即将进入高速路网时代的石家庄，又面临着什么样的发展机遇？"

李树声说："21 世纪是城市的世纪，到 2015 年，全国的城镇人口会超过 50%。城市群和城乡一体化发展会成为今后的经济发展推动力。在以北京为核心的环渤海城市群里，石家庄的定位是南部经济增长极。有了高速路网的保障，石家庄就可以利用快速集散的功能，强化作为华北重要商埠的位置，向现代服务业迈进。

"铁路客运专线满足了人的快速出行，同时也可以实现客货分线运输，一直以来，铁路运输都存在货运和客运的矛盾问题，在一条铁路线上要想满足两种运输的需求很难，客货分线运输一方面客运得以提速，另一方面货运的运能也得到释放。"

100 多年前铁路为石家庄的诞生带来机遇是因为石家庄特殊的地理位置，现在石家庄还是处于高速路网的重要枢纽位置，同样会因交通而强市，因商而富市。

李树声说："在这一重大机遇面前，石家庄应该找准以北京为核心的环渤海城市群南部经济增长极的定位，以路网的集散功能推动贸易中心的发展，在高度合理的城市群经济协调发展构架中寻找发展机遇。"

全长 281 公里的京石客运专线，设计桥梁 28 座，桥梁总长 218.472 公里，占正线线路长度的 77%。

这是一条铺建在桥梁上的铁路。

桥梁专家王新敏是石家庄铁道学院大型结构健康诊断与控制研究所的教授，他对于设计时速 200 公里以上的高速铁路一直很关注。

王新敏说："有人理解建这么多的桥梁是为了减少占用土地，但桥梁底下你不能再种庄稼吧？其实更主要的原因是考虑高速列车运行的平衡和安全。"

不仅仅是京石客运专线，所有满足 200 公里时速的高速铁路都是以架桥梁为主。在欧洲和日本，高速铁路桥梁的比例甚至达到 90%，其中有的车站都是建在桥梁上的。

之前投入运行的京津高速铁路，桥梁总长度也达到了 80%。这是因为高速列车对路轨平顺度的要求非常高，在列车高速行驶中，一米长的路轨不能有超过两毫米的误差。

但如果不建桥梁，建设者虽然可以把路基填埋得很平整，但填埋土的厚度是不一样的，在列车高速运行时，填埋厚度不同就会造成路基沉降度不同，误差很容易就超过两毫米，威胁到列车的运行安全。

王新敏说："即使是在桥梁上，铺设高速铁路路轨也是与普通铁路有着很大不同的。普通铁路路轨是通过木枕上的石子来增加路轨的弹性，而高速铁路是利用6米或8米的钢板。"

王新敏作为石家庄铁道学院的教授，他正在和自己的同事研发一种"黑匣子"。这种"黑匣子"如果能够研发成功，将用于"高铁时代"的桥梁监测上。

建立在高架桥上的高速铁路，在"高铁时代"来临后，密集的桥梁将为城市之间的连接起到"穿针引线"的作用。

就高铁的桥梁技术来说，除前期建设中的保证线路平顺性外，对后期的桥梁监控要求会更高。

王新敏介绍，这个以铁道学院杜彦良副院长为首，集桥梁、计算机、信息和信号处理等各专业专家为一体的研发团队，通过近一年半的研发，已经有了初步进展。它是用一只"黑匣子"安装在铁路桥梁下，随时监测桥梁是否出现变形等情况，然后将信息反馈给信息中心的终端，如果出现问题可以及时解决，保证高速列车的正常行驶。

王新敏说："普通快速客运铁路，桥梁比重并不大，完全可以靠人力去桥梁路段检测，可如果是高速铁路的情况下，占大比重高密度的桥梁是不可能通过人力去现场检测的。"

人们都对此感到新鲜："那么对于已经开通的高速铁路，桥梁监测又是一种什么状况？"

王新敏向人们谈到了已开通的京津高铁的监测手段。它是通过在火车上安装监测仪，记录下火车行驶中震荡较大的路段，然后技术人员去现场排查。

王新敏说："如果是在桥上出现震荡，那么到底是轨道的问题，还是桥梁变形的问题，需要花时间去进一步勘测。所以类似的技术还是有待完善。"

此外，王新敏认为，降低高速铁路行驶中的噪声也是一个问题。

这个问题在京石客运专线中已经解决，根据规划，铁路沿线将大量采用一体化声屏障，提高屏障刚度，减轻噪声。

外商聚集京津塘新干线

2007 年 6 月 27 日，京津塘高速公路已经成为联络北京、天津两个直辖市最便捷的通道。

十多年前，这座全中国第二条高速路，在世界银行的资助下，颠簸通车，正式宣告中国高速路网时代来临。十多年过去了，中国政府又高举第十一个五年规划大旗，开始全力拉拔环渤海湾经济圈。

这条以北京领头的高速动脉，继珠江三角洲、长江三角洲之后，成为全中国经济经营的重点，它也有了新的名称："黄金科技公路"。

因为这条西起北京市中关村科技园区，东至天津外港，直通渤海湾的 200 公里长廊，贯穿了 8 座高科技园区、两座直辖市，俨然就是当年台北到新竹"黄金科技走廊"的翻版，吸引了包括诺基亚、摩托罗拉、奇异、丰田汽车、三星电子、京东方、中芯半导体及富士康等在此插旗立寨，颇有与长三角及珠三角一较长短的意味。

一些包括郭台铭在内的台湾商人，也早已闻香下马，把注意力从长三角频频移向这条黄金新干线。

20 多年前，在"台湾经建会"主委李国鼎的策划推动之下，选定新竹作为发展高科技业的基地。20 多年来，竹科从一座座光秃秃的小山丘，变成一栋栋日进斗金的高科技厂房，并沿着中山高速公路这条交通干线向北扩延至桃园、台北，创造了 10 亿元以上的产值，也成为台湾最重要的经济命脉。

大陆也如法炮制，在北京、天津、滨海新区这条黄金轴线上，希望打造出另一个"中国新硅谷"。

在中央 2006 年正式推出的"十一五"规划中，已确立了"以北京—天津—滨海新区为发展轴心，以京、津、冀为核心区，以辽东、山东半岛为两翼"的环渤海经济区发展战略，而拥有深水港、保税区、经济开发区和高科技工业园区的滨海新区则将是渤海湾经济圈的最大亮点。

"滨海新区将是胡锦涛任期内最重要的经济政绩"的消息，在台商圈之间流传已久。

因此，戴相龙 2003 年进津之后，这个原本被称为"中国乡村味最重"的直辖市，已经开始改头换面。

天津实际到位外资每年以 32% 的速度增长，连续 5 年总额都超过 100 亿美元。道路、工厂固定资产投资比前一个 5 年扩增一倍。2006 年经济增长率为 14.5%，远高于中国全年平均的 9%。

天津台商协会秘书长李永田曾打趣说，以往天津地区对外资企业的印象就是"一支机、一碗面、一瓶酒"，一支机就是美国的手机大厂摩托罗拉，一碗面就是来自中国台湾的康师傅顶益集团，一瓶酒则是与法国酒厂合资的王朝酒品。

但到后来，几乎世界知名的企业都来到天津、塘沽这一线。丰田汽车、三星电子、渣打银行都来了，中国台湾首富郭台铭，更是砸下重金，全力在天津建立手机王国。

在这么多外资当中，还属引进渣打银行最具传奇。戴相龙利用本身国际金融专业，在 2006 年促成渣打银行与当地金融业者成立"渤海银行"。

这是 1997 年亚洲金融危机之后，中国批准的第一家商业银行，加上戴相龙前人民银行行长的身份，引起中国金融业甚至全球金融业的关注。

以台商协会会长丁锟华为主的台商，也曾想注资人民币 5 亿元，但因故未能如愿。

在戴相龙的计划中，希望将天津变成北京之外另一个华北金融中心，他也因为全力发展金融而被冠上了"财神爷"的封号。

但是，台资企业在环渤海湾地区的投资仅占大陆台资总额的一成，不过从已投资绝对金额来看，已超越福建，仅次于长三角和珠三角。

适逢日韩两国产业转移的良机，韩国、日本对华投资增长，位于太平洋西岸的环渤海地区是日益活跃的东北亚经济区的中心部分，也是中国欧亚大陆桥东部起点之一，可谓机会难得。

经过十余年的经济结构调整，日本仍未完全摆脱困境。因此，日本更加注重把国内结构调整与中国华北结合，以寻找新的发展机遇，同时把开发西海岸列为本国21世纪的战略目标。

韩国卢武铉总统上任后，经济上提出的重大举措之一就是把中国作为韩国的重要市场，同时重点投资开发与中国邻近的西海岸地区。

中国、日本、韩国新的开发计划同时集中于环渤海地区，而区域经济发展的不平衡性，又使三国的相近城市在经济上存在着垂直分工和水平分工交叉的依存关系。

因此，中、日、韩之间在环渤海区域的经济合作呈现出了加速趋势。

京津冀区域迈向一体化

2009 年 5 月 18 日，京、津、冀交通运输管理部门签署交通一体化合作备忘录，决定每年至少召开一次交通合作联席会议，并就一批具体项目进行了有效对接。

京、津、冀经济区是继珠三角和长三角之后中国经济增长的第三大引擎，经济发展的活力日益增强。

京、津、冀交通一体化已建立了良好的基础：区域内有 35 条高速公路和 280 多条一般国省干线相连，基本形成了覆盖京津和河北 11 个市、区的 3 小时都市交通圈；津、冀沿海港口设计通过能力 7.5 亿吨，占全国的 16%；三省、市之间已开通道路客运班线 900 多条，营运班车 2200 多部。

根据京、津、冀签署的交通一体化合作备忘录，交通运输部门每年至少召开一次京、津、冀交通合作联席会议，就发展战略和合作领域，发展规划和重大项目实施，区域立体交通的合理配置，不同运输方式的有效衔接，津、冀港口的有效竞合，区域交通信息共享以及需要争取的相关政策等重要问题进行研究和协调。

同时，鼓励行业协会和企业举办各类专项活动，通过多种渠道加强沟通协调。

推进一批具体交通项目对接。河北与北京共同推进京昆高速北京至石家庄段、京台高速京冀段，力争年内开工建设。推进密涿高速廊坊至密云段、大广高速即京开高速南段前期工作，力争2010年开工建设。共同推进111国道怀柔至丰宁段一级公路扩建工程；河北与天津共同推进承德至天津滨海新区高速公路前期工作，开展唐津高速西延至石家庄、唐山至廊坊、南港高速公路规划研究工作。

一批京、津、冀客运班线对接项目提上日程。

河北与北京就开通北京至白沟、北京至黄骅港以及首都机场至石家庄高速直达客运班线等项目形成了一致意见，双方决定尽快促成这3条客运班线项目的开通。

河北与天津就开通天津至乐亭三岛等旅游班线项目也形成了一致意见。

交通运输部总规划师戴东昌说："交通运输部对京、津、冀区域交通运输业的发展非常重视，已编制了《环渤海暨京津冀地区公路水路发展规划》，以适应这一区域经济社会发展对交通网络化、一体化的强烈要求，京、津、冀两市一省交通部门的合作对于全国区域交通一体化发展具有重要的示范作用。"

5月18日，京、津、冀旅游主管部门签订旅游合作协议，将建立旅游信誉信息共享机制，相互及时发布旅游警示和不良旅游企业信息，联合解决旅游者与旅游业经营者之间的争议、纠纷。

旅游合作协议签订后，将建立京、津、冀旅游局局长联席会议制度，每年定期召开，主要任务是通报三地旅游业发展情况，制订旅游业合作发展年度计划，对上年度方案落实情况进行评估。

京、津、冀将加强旅游执法联动和信息沟通，建立省级旅游信誉信息系统和信誉披露制度。通过网络等多种媒体手段，相互提供诚信优质旅游企业的相关信息，发布相关旅游警示和不良旅游企业信息，实现三省、市官方旅游网站的相互连接，三省、市旅游咨询站、点的资源共享。

为有效解决异地旅游争议、纠纷，京、津、冀旅游区域内的投诉案件今后可以在三省、市或区、市之间直接转办。

同时，京、津、冀建立旅游突发事件应急处理互动机制，解决旅游者和旅游企业在区域内遇到的突发问题。

三省、市还将建成共享的重大旅游招商项目库，提供各自在旅游投资方面的优惠政策，加快实现无信息障碍、无交通障碍、无市场障碍、无服务障碍、无投资障碍的旅游一体化大格局。

同样是在 5 月 18 日，北京、天津、河北规划部门在廊坊签订《关于建立京津冀两市一省城乡规划协调机制框架协议》，借此建立和完善京、津、冀在城乡规划方面的协商对话机制、协作交流机制、重要信息沟通反馈机制、规划编制单位合作与共同市场机制，实现区域规划"一张图"。

优势初现

经北京市规划委员会、天津市规划局、河北省住房和城乡建设厅协商，达成以下框架协议：

1. 建立三方规划联席会议制度，主要研究、协调有关区域交通、重大基础设施、生态环境保护、水资源综合开发利用、海岸线资源保护与利用等跨区域重要的城乡规划，以及影响区域发展的重大建设项目选址，协商推进区域一体化发展和规划协作的有关重大事宜，并提出规划意见和措施。

2. 在城乡规划的政策和标准规范、规划基础资料和成果、专家和专业技术人才等方面，建立统一的信息库，实现资源共享，为动态掌握三地城乡经济社会发展情况，统筹解决区域发展重大问题提供技术支撑。

3. 在制定和实施城乡规划过程中，对涉及区域城乡协调发展、需要共同协商解决的有关重大问题，应当及时向其他各方反馈信息。

4. 加强对京、津、冀城乡一体化发展的技术支撑，根据京、津、冀城乡发展和规划协调的实际需要，三方规划编制单位每年拟定重点规划或研究课题，共同开展规划编制和专题研究工作。

组织召开金融合作论坛

2009 年 8 月 4 日，围绕"金融危机与环渤海·挑战与展望"这一主题，第五届环渤海金融合作论坛在河北承德举行。

全国社保基金理事会理事长戴相龙、河北省副省长孙瑞彬、中国人民银行行长助理郭庆平出席本次论坛并发表主旨演讲。

来自北京、天津、河北、山东、山西、内蒙古、辽宁等省区市金融学会的会长及 50 余名代表参加了本次论坛。

中国人民银行行长助理郭庆平在开幕主旨演讲中认为，根据我国区域经济梯次发展战略，环渤海经济区是继长三角和珠三角地区之后的第三个经济增长极，是东北亚地区国际经济合作的前沿，区位优势十分明显。当前加快环渤海区域经济发展，既适逢难得的历史机遇，又面临严峻挑战。环渤海区域拥有得天独厚的合作发展条件，只有坚持寻找各省、市的利益共同点，推进金融合作，才能有效提升环渤海地区的协调发展能力和综合竞争力。

针对这一问题，郭庆平发表了几条建议：

要完善环渤海地区金融合作的工作机制。在论坛之外，应建立起更紧密的工作机制。可建立政府部门和金融监管机构联合参加的旨在推进环渤海地区经济金融协调发展的联席工作会议制度。

要加强区域内人民银行分支行之间的交流与合作。可建立环渤海区域人民银行分支行信息交流制度，加强信息沟通，实现信息共享。积极争取环渤海区域成为金融创新先行先试的基地；进一步扩大环渤海地区与东北亚地区的经济金融合作。

建立现场检查协调机制，互换检查计划，开展联合检查，共享检查成果。研究建立统计信息交流机制，实现政策类、数据类和分析类信息资源的共享。研究建立交流学习机制和联合调研机制。

鼓励金融机构跨区互设或开展跨地区股权合作。在有条件的地区，鼓励商业银行跨地区开展银团贷款、融资代理业务等合作，支持金融机构联合进行业务创新，进一步提升区域中心城市的金融辐射和带动作用。

环渤海地区要根据错位发展、优势互补的原则，以北京的总部金融为核心、天津滨海新区金融改革先行先试为先导，积极推进环渤海

区域的金融改革创新，加快环渤海跨区域金融
资源流动的步伐。

　　河北省金融学会会长王景武发言认为，经济危机的
深层次原因是经济增长存在结构性失衡。为此，要"转
危为机"，就必须加强合作与协调机制建设，加快交通通
信基础设施建设，打破行政壁垒和区域分割，最大限度
地共享资源，降低要素在区域内流动的成本，消弭金融
危机的负面影响。

　　青岛市金融学会会长王迅表示，加快经济结构、产
业结构、产品结构的调整，转变经济增长方式是增强抵
御金融危机冲击能力的最根本途径。

　　大连市金融学会会长张启阳提出建议，应该建立环
渤海区域金融监管协调和信息共享机制，提高应对系统
性金融风险能力，为区域经济发展提供良好的金融生态
环境。

青岛建成最大造船基地

2009 年 8 月 20 日上午，中船重工青岛海西湾造修船基地建成典礼暨河北远洋两艘 18 万吨散货船出坞仪式在青岛北海船舶重工有限责任公司造船坞区举行。

作为国家船舶工业中长期发展规划三大造船基地的重点项目之一，青岛海西湾造修船基地的建成，对提升环渤海地区装备制造业的综合实力，实现我国建成船舶工业大国的战略构想，推动我区经济发展，都具有重要意义。

典礼仪式由中船重工集团公司副总经理吴强主持。国家发改委副主任、国家能源局局长张国宝，中国船舶重工集团公司党组书记、总经理李长印，山东省委常委、常务副省长王仁元，青岛市委副书记、市长夏耕，市委常委、开发区工委书记、开发区管委主任姜杰，市政协副主席刘明君出席仪式并剪彩。

张国宝对青岛海西湾造修船基地建成暨散货船出坞表示祝贺。

张国宝指出：

经过近年来的加紧建设，青岛海西湾终于将一个现代化造修船基地展示在世人面前，为

我国船舶工业作出了积极贡献。

中国船舶工业经过艰辛探索和加快发展，特别是改革开放以来的突飞猛进，目前已取得了令人瞩目的成就，使我国成为世界一流的造船大国，正在向世界一流造船强国的目标迈进，手持和新接船舶订单位居全球前列。

在国际金融危机对船舶工业形成强烈冲击的背景下，我国船舶企业要攻坚克难，勇往直前，努力化解金融危机的不利影响，并且善于将危机转变为发展机遇，通过不懈努力，实现更快发展，推动我国在不久的将来成为造船强国。

夏耕在致辞中指出，自2004年青岛市政府与中船重工签订全面战略合作协议以来，双方精诚合作，齐心协力，推动海西湾造修船基地全面建成，既有力促进了青岛船舶配套产业和研发创新力量的聚集，实现了青岛船舶工业的跨越发展，又有力推动了中船重工向世界级造船企业的宏伟目标加快迈进。

夏耕说：

在山东省委省政府的领导下，青岛正加快打造蓝色经济区和高端产业聚集区，全面推进"环湾保护、拥湾发展"战略，进一步发展壮大船舶工业，是青岛坚定不移的产业选择。

今后，青岛将一如既往地为全国船舶工业的振兴贡献力量，为中船重工在青岛发展创造优良环境，携手开创共赢发展的美好未来。

基地建成典礼结束后，北船重工建造的两艘18万吨散货船顺利出坞。该散货船是符合国际造船新规范、具有当代国际先进水平和自主知识产权的新型散货船，是山东省有史以来在建的最大船舶，适用于煤、谷物和矿石运输。

北船重工自2007年以来，本着"边建设、边接单、边生产"的原则，青岛海西湾先后承揽了17艘18万吨散货船的建造合同，已批量开建8艘，到2011年将全部完工交付。

位于造船坞区的青岛海西湾造修船基地，是经国家发改委批准立项的"十一五"重点建设项目，总投资74亿元。

作为中国最大的造修船基地，海西湾造修船基地的建成，对提升该区产业集群，增强造坞区及周边地区的辐射带动能力起到了举足轻重的作用。

提出山东"蓝色经济"战略

2009 年 4 月份，胡锦涛在山东省考察时指出：

> 要大力发展海洋经济，科学开发海洋资源，培育海洋优势产业，打造山东半岛蓝色经济区。

　　胡锦涛的指示给正处于重要发展时期的山东指明了方向。从 20 年前的建设"海上山东"，到眼下规划中的"山东半岛蓝色经济区"，拥有得天独厚海洋优势的山东，再一次以前所未有的魄力和胆量扬帆起航。

　　"蓝色引擎"曾在山东省发挥过重要作用，很长时间以来，山东的海洋经济产值都在全国首屈一指。而山东半岛蓝色经济区战略的提出，更是为山东省海洋经济板块进入国家战略提供了无限可能。

　　宏伟战略的一声号角，吹响了山东进军海洋的集结号，"蓝色经济"的建设热潮正如 8 月的气温，火热地荡漾在 3000 多公里的黄金海岸线上。

　　近年来，山东就一直谋划着在海洋上做文章。

　　中国海洋大学海洋发展研究院刘洪滨教授说："20 世纪 90 年代山东就正式提出了'海上山东'的战略，通过发展陆上一个山东、海上一个山东，实现'海上山东'

的产值达到陆上农业产值的目标。在'科技兴海'的带动下，我省水产养殖等涉海经济取得快速发展，海洋经济产值做到了全国第一。"

刘洪滨认为，随着时代的发展，当时的"海上山东"战略布局逐渐显露出一定的局限性，它把海洋和陆地割裂开来，在很大程度上还是海洋依附于陆地。发展海洋被片面地理解为发展水产养殖，这就使我们的海洋发展观受到了很大限制。山东被广东逐步赶上，海洋经济产值全国第一的位置也被广东取代。

尤其是全国沿海经济发展提速，继长三角、珠三角地区经济迅速崛起之后，以海洋经济为标志的沿海开发开放新的热潮，正遍布中国南北海疆。

特别是与山东省同处环渤海的天津、河北、辽宁沿海开发建设志在高远，态势强劲，已经和正在进入国家战略。

处于珠三角、长三角和京津冀地区的"南北夹击"之中，山东的机遇在哪里？

胡锦涛关于"打造山东半岛蓝色经济区"的要求，是站在全球战略高度来谋划我国海洋发展的重大战略部署。伴随着半岛蓝色经济区的确立和不断发展，在山东半岛，更高层次、更大规模、更大范围的鲁韩、鲁日以及东北亚地区的区域经济合作高潮将不期而至。

在发展海洋上，山东有得天独厚的优势。山东是中国海岸线最长的省份，3100多公里的黄金海岸线上，自黄海之滨到渤海湾畔，点缀着大大小小近 10 个明珠般的城市。

山东沿海可开发利用海洋面积远远超过了陆地面积。国家海洋信息中心曾对沿海各省、市的滩涂、浅海、港址、盐田、旅游和沙矿 6 种资源进行过丰度评价，山东位居全国首位。

山东有全国首屈一指的海洋科技力量，拥有涉海独立科研机构 56 家，约占全国的四分之一，其中包括中科院海洋研究所、中国海洋大学、国家海洋局第一海洋研究所、中国水产科学研究院黄海水产研究所等一大批国内一流的科研、教学机构；拥有一万多名海洋科技人员，占全国总数的 40% 以上；拥有海洋界两院院士 16 人，占全国的一半；承担了国家"攀登计划"、"973"计划和"863"计划等海洋科技项目 60 多项。

同时，经过近 20 年"海上山东"的建设，山东沿海地区已经形成了一系列海洋产业隆起带，具备很强的承接发达国家产业转移的产业基础。

山东半岛蓝色经济区日渐勾勒成型。

有专家表示，据初步测算，到 2020 年，山东半岛蓝色经济区"两城七区"总投资上万亿元，集中集约利用海陆总面积约 1600 平方公里，其中近海陆地 600 平方公里，填海造地 420 平方公里，高涂用海 180 平方公里，相关联的开放式用海 400 平方公里。

根据规划，打造蓝色经济区将与胶东半岛高端产业聚集区、黄河三角洲高效生态经济区和鲁南经济带建设紧密相连，作为对"一体两翼"战略的提升，其涵盖范围有望超出山东省内沿海7个城市。

2009年5月份开始，从山东省委、省政府的高层调研，到政府普通工作人员的业务会谈，甚至到海边垂钓者、菜市场鱼贩子的闲言碎语，"海洋""蓝色"一下子变成了流行语。

烟台在2009年推进的100项重点项目中，与海洋相关的项目占了近一半；威海则提出了加快推进海洋经济六大基地建设的战略部署；潍坊将传统的风筝文化与蓝色现代海洋元素牵线，把在中国举办的首次国际风筝冲浪比赛请到了家门口……

山东半岛蓝色经济区战略的提出，将山东推向了一个极富前瞻意义的发展平台。

战略提出后，抢抓机遇加快山东半岛蓝色经济区建设的强大合力在山东半岛涌动起来，逐渐形成了一股滚滚潮流。各级党委、政府充分认识建设山东半岛蓝色经济区的重大意义，着眼全局，统筹规划，突出重点，加快推进。

6月2日至3日，省委副书记、省长姜大明到烟台、威海等地调研，深入烟台部分企业的生产车间、项目建设工地一线，提出要抓住建设山东半岛蓝色经济区的有利时机，着眼长远，搞好规划，大力发展海洋经济，突出发展高端产业，融入发展快车道。

6月4日，山东半岛蓝色经济区海洋旅游规划研讨会举行，山东省旅游局召集专家和沿海七个城市分管旅游的副市长、旅游局局长，研究打造蓝色高端旅游示范区的总体规划。

出席会议的副省长才利民说，山东半岛蓝色经济区的开发建设，为山东半岛旅游业发展提供了历史性机遇。青岛大学旅游学院院长马波对此提议说，半岛七市应构建"春夏山东，秋冬海南"的全国性旅游度假格局。

北京大学教授吕斌说："在生态经济的保障下，山东半岛空间格局的继续优化是发展'蓝色经济'的基础，以胶济线和烟台、威海、青岛、日照所形成的'T'形格局，将青岛推向了'龙头'的位置。"

6月8日，在威海召开的市委全委会上，威海提出了加快推进海洋经济六大基地建设的战略部署。对接全省规划，结合威海实际，威海将着力推进海产品生产加工、港口物流、船舶修造、滨海休闲旅游、新能源、石油化工等六大产业为主的海洋经济。

2009年6月27日，由致公党山东省委会、山东省科技厅、山东省海洋与渔业厅联合主办，致公党青岛市委会、青岛国家海洋科学研究中心、中科院海洋研究所、中国海洋大学、国家海洋局一所、中国水产研究院黄海水产研究所协办的"山东半岛蓝色经济区发展战略论坛"在青岛隆重举行。

全国人大常委、全国人大华侨委员会副主任、致公

109

党中央副主席杨邦杰，致公党中央秘书长曹鸿鸣等领导出席论坛，山东省副省长贾万志，山东省政协副主席、致公党山东省委会主委王志民，中共青岛市委常委、市委统战部部长臧爱民出席论坛并分别致辞，各主办和协办单位的领导出席了论坛。

贾万志在致辞中指出：

> 目前全省上下正在认真学习贯彻胡锦涛总书记来山东视察时的重要指示精神，加快打造山东半岛蓝色经济区，致公党山东省委会组织这次海洋经济发展战略高层论坛，非常及时和重要，对于推动全省海洋经济发展战略的深入实施具有十分重要的意义。

贾万志同时指出，深度开发海洋资源，壮大海洋产业规模优势，打造山东半岛蓝色经济区是一项全新的重大课题，期望致公党山东省委会发挥人才智力等优势，组织好相关方面的研究，积极建言献策。

王志民致辞说：

> 致公党山东省委会同省科技厅和省海洋与渔业厅联合举办此次论坛，是致公党山东省委会贯彻落实科学发展观、履行参政党职能的重要举措，也是致公党山东省委会与政府有关部

门以及有关高校、科研院所团结协作，共同服务山东省经济社会发展的成功实践。旨在发挥自身优势并整合人才智力资源，共同研究探讨山东半岛蓝色经济区建设，为省委、省政府科学决策、推动关于山东半岛蓝色经济区发展战略的实施提供依据，为积极应对国际金融危机，促进山东省经济社会又好又快发展作出应有贡献。

中共青岛市委常委、统战部部长臧爱民对论坛在青岛召开表示欢迎，对长期关心支持青岛发展的致公党中央、致公党山东省委会及省直有关部门领导表示感谢。她介绍了青岛市政治、经济、社会发展以及发展海洋经济的情况。

中科院海洋研究所研究员、中国科学院院士胡敦欣，中科院海洋研究所研究员、中国工程院院士侯保荣，中国水产科学研究院黄海水产研究所研究员、中国工程院院士雷霁霖，国家海洋局原局长、中国海洋发展研究中心主任王曙光，国家海洋局政策法规和规划司司长王殿昌等来自全国的 20 余位著名海洋经济专家、学者，围绕打造山东半岛蓝色经济区的一系列问题进行了探讨和交流，提出了很多有价值的意见和建议。

7 月 21 日和 22 日，日照港集团分别在潍坊、淄博两市召开集装箱运输暨港口业务推介会，主动对接山东半岛城市圈工业企业，推介亿吨大港综合优势，打造潍坊淄博最经济便捷的出海口，积极服务山东半岛蓝色经济区战略构想。

日照市委副书记、市长赵效为说："我们历来不把日照港看作是自己的港，我们把它看成是我们国家的资源，看成是我们更大区域的资源，我们要为内陆服务。"

随着山东半岛蓝色经济区战略的出炉，共同的使命，共同的追求，让原本就紧密相连的山东主要沿海城市更加亲切地聚集起来。

2009年7月24日，烟台市发改委的工作人员介绍说："在今年推进的100项重点项目中，与海洋相关的项目近一半。"

早在20世纪90年代，烟台就实施了"海上烟台"战略。这一战略让烟台的海洋经济和临港经济取得了长足发展。

烟台提出，围绕打造山东半岛蓝色经济区，以更大力度推进海洋经济和临港产业，使之与陆域经济比翼齐飞。

8月9日，中国青岛国际海洋节拉开帷幕，8月10日上午，"2009中国青岛蓝色经济发展国际高峰论坛"开幕式在香格里拉大饭店举行。

值"2009中国青岛国际海洋节"开幕和"2009中国青岛蓝色经济发展国际高峰论坛"召开之际，多家媒体都刊发了山东半岛蓝色经济区随笔系列报道，为推动山东"蓝色经济"又快又好发展鼓风呐喊。

知名海洋学者、山东省海洋与渔业厅副厅长王诗成说："海洋已经成为全球关注的焦点，在政治、经济、军事、科技等方面都已经成为一个战略高地。"

王诗成表示，海洋战略事关国运兴衰。

王诗成这位与大海打了40多年交道的海洋学者表示，《联合国海洋法公约》规定的各项管理制度和规则，实际就是对占地球表面71%的海洋空间和丰富的海洋宝藏的一次重新分配，谁在这场资源和空间的分配中掌握了主动权，谁就对本国、本民族的生存和发展掌握了更大的主动权。

王诗成认为："胡总书记提出的建设'半岛蓝色经济区'，是从全局和战略高度深谋远虑的重要部署，是山东谋求新飞跃的一次重大战略机遇。"

2009年8月12日上午，国家海洋局和山东省人民政府在济南正式签署《共同推进山东半岛蓝色经济区建设战略合作框架协议》，合力打造山东半岛蓝色经济区，促进我国海洋事业的发展。

协议指出，双方将把打造山东半岛蓝色经济区作为共同的重大战略任务全力推进，在促进山东海洋经济在重点领域实现突破、科技和人才支撑、建设用海需求、海洋环境保护、海洋观测预报与防灾减灾体系建设等方面进行合作。

国家海洋局局长孙志辉在签字仪式上说："国家海洋

局积极支持山东在海洋领域综合配套改革方面先行试点，把山东半岛蓝色经济区作为全国海洋综合管理体制机制改革试验区、集中集约用海先行区、海洋生态修复示范区、高端海洋产业发展引领区。通过打造山东半岛蓝色经济区，为全国海洋事业发展提供经验和示范。"

山东省省长姜大明说："我们将努力把山东半岛蓝色经济区建设成为我国海洋科技教育中心、海洋优势产业聚集区、海滨国际旅游目的地、宜居城市群和海洋生态示范区，形成连接长三角和环渤海地区、沟通黄河流域广大腹地、面向东北亚全方位参与国际竞争的重要增长极。"

而潍坊市更是选择了一种诗意的表达。他们将传统风筝文化与蓝色现代海洋元素牵线，把在中国举办的首次国际风筝冲浪比赛请到了家门口。

8月21日至23日，"世界风筝之都"潍坊的海滨和天空飞出了带着海腥味的风筝。

借助风筝，潍坊市委、市政府还计划3年新增投入1000亿元，按国家级开发区的标准和打造城市副中心的目标定位，依托滨海经济开发区，举全市之力建设现代化滨海新城，努力建设山东半岛"蓝色经济"的先行区。

中央制定环渤海新战略

2009 年 6 月 1 日，中共中央政治局常委、国务院副总理李克强在河北曹妃甸等地考察时强调，要按照党中央国务院的决策部署，在应对危机中把握发展机遇，把扩内需与稳外需、保增长与调结构有机结合起来，培育新兴产业，推动产业升级，在新的起点上推进环渤海地区开发开放，促进经济平稳较快发展。

在环北部湾经济区、海峡西岸经济区纳入国家发展战略之后，环渤海经济区的发展再次成为全国瞩目的焦点。

环渤海地区区位优越，有着广阔的腹地支撑，发展空间大，要素条件好，后发优势十分明显。

在环渤海区域内，继天津滨海新区被纳入国家发展战略之后，河北曹妃甸新区也正在争取，河北正在举全省之力建设曹妃甸新区，其开发建设的劲头丝毫不亚于当初天津人开发滨海新区。

2006 年 7 月 29 日，胡锦涛到曹妃甸视察，明确指出它是一块"黄金宝地"，要高起点、高质量、高水平地把曹妃甸规划好、建设好、使用好，使之成为科学发展的示范区。

2007 年 5 月 1 日，温家宝视察曹妃甸，明确指示要把曹妃甸建设成为一流的国际大港，建设成为环渤海地区的"耀眼明珠"。

2009 年 3 月 14 日，唐山曹妃甸新区正式揭牌成立。曹妃甸新区功能定位为：中国能源、矿石等大宗货物的集疏港，新型工业化基地，商业性能源储备基地，国家级循环经济示范区，中国北方商务休闲之都和生态宜居的滨海新城。

对于此次李克强考察曹妃甸，曹妃甸新区管委会副主任薛渤认为，这给曹妃甸透露出一个信号：曹妃甸有望被纳入国家发展战略。

李克强在曹妃甸考察期间曾表示，将来要成立一个国家级曹妃甸管理机构，针对规划、项目等进行管理。

同时，山东"黄三角"也已被纳入国家发展视野。3 月底，由国家发改委副主任杜鹰带队的 25 个部委人员组成的黄河三角洲高效生态经济区规划调研组奔赴山东，实地考察"黄三角"。

调研组人员表示：以东营、滨州为主体城市，包括烟台、淄博、德州的部分县、市在内的黄三角高效生态经济示范区开发有望进入国家战略层面。

辽宁则正在争取把沈阳经济区申报为国家新型工业化综合配套改革试验区。沈阳经济区以沈阳为中心，包括鞍山、抚顺、本溪、营口、阜新、辽阳、铁岭共 8 个城市，通过中心城市沈阳的经济辐射和吸引，与周围经济社会活动紧密联系的地区形成"区域经济共同体"。

此种现实也印证了中国科学院院士陆大道、中国社会科学院研究员魏后凯等有关专家的判断，环渤海区域内形成的京津冀、山东半岛、辽中南三大经济圈三足鼎立的局面将长期存在。

环渤海地区发展正在上紧发条，专家建议，应从实际条件出发，明确各区域的功能定位，搞好城市间产业分工，优化空间结构，使之逐步形成各具特色、功能明确、分工合理、布局优化的三大经济圈。

李克强在曹妃甸考察时指出，要推动环渤海地区产业升级。他指出，要面向市场需求，推进技术创新，加快发展新能源、节能环保产业和循环经济，发展高新技术产业、先进装备制造业和现代服务业，加快传统产业改造步伐，培育和壮大新的经济增长点。

事实上，环渤海地区各省、市已经把产业升级提速提上了重要议程，积极推进产业升级。依托原有工业基础，环渤海地区不仅保持了钢铁、装备制造、原油等产业优势，同时新兴的电子信息、生物制药、新材料等高新技术产业也发展迅猛。

有全国最大的电子信息产业科研、贸易、生产基地之誉的北京中关村地区，已经集中了软件开发及信息技术的各类优秀人才。

2009年3月，中关村建设国家自主创新示范区获国务院批复，中关村自主创新和辐射带动能力进一步增强。

河北省在推进其支柱产业钢铁产业结构战略性调整

的基础上，力图把装备制造业培育成新的支柱产业。同时，发展壮大石油化工业，大力发展电子信息、生物医药、新材料等高新技术产业，加快太阳能、风能、生物质能等新能源开发，努力把新能源打造成该省产业发展的新优势。

山东省则提出要大力实施产业调整振兴规划，形成各具特色的产业集群。全省将重点建设 15 个高新技术产业集群和 20 个高新技术产业基地。

辽宁省提出的沿海"五点一线"发展战略本身就是基于推进该省产业结构、所有制结构、产品结构的战略性调整而制定的，其目的也正是促进该省先进的装备制造业、高技术产业、现代物流业、农产品加工业等优势产业加快发展。

国家发改委国土开发与地区经济研究所副所长肖金成说："环渤海各省、市在推进装备制造业等传统优势产业升级过程中，应大力发展金融、物流等现代服务业。"

本书主要参考资料

《国史全鉴》本书编委会编 团结出版社

《共和国要事珍闻》郑毅 李冬梅 李梦主编 吉林文
　　史出版社

《第三极——天津滨海新区发展纪事》刘功业著 天
　　津人民出版社

《辽宁经济发展与对外合作》辽宁省环渤海经济研究
　　会编 辽宁教育出版社

《蓬勃发展的开放城市》向三久 熊彩云编写 中国少
　　年儿童出版社

《中国的开放城市》新华社中国新闻资料社编辑部编
　　辑 新华出版社

《中国开放城市与经济特区》本书编辑委员会编 经
　　济科学出版社